독보군림

임영기 新무협 판타지 소설
FANTASTIC ORIENTAL HEROES

독보군림 9
임영기 新무협 판타지 소설

초판 1쇄 찍은 날 § 2008년 1월 22일
초판 1쇄 펴낸 날 § 2008년 2월 1일

지은이 § 임영기
펴낸이 § 서경석

편집장 § 문혜영
편집 § 장상수 · 최하나

펴낸곳 § 도서출판 청어람
등록번호 § 제1081-1-89호
등록일자 § 1999. 5. 31
어람번호 § 제2-1407호

주소 § 경기도 부천시 원미구 심곡1동 350-1 남성B/D 3F (우) 420-011
전화 § 032-656-4452 팩스 § 032-656-4453
http://www.chungeoram.com
E-mail § eoram99@chollian.net

ⓒ 임영기, 2007

ISBN 978-89-251-1152-0 04810
ISBN 978-89-251-0745-5 (세트)

※ 파본은 구입하신 서점에서 교환하여 드립니다.
※ 저자와 협의하여 인지를 붙이지 않습니다.
※ 이 책은 도서출판 청어람과 저작자의 계약에 의해 출판된 것이므로,
  무단 전재 및 유포 · 공유를 금합니다.

임영기 新무협 판타지 소설

FANTASTIC ORIENTAL HEROES

독보군림

9

혈풍전야(血風前夜)

도서출판 청어람

제84장	범부(凡夫)	7
제85장	칠의문(七義門)	31
제86장	나신남녀(裸身男女)	61
제87장	눈물의 통쾌함	89
제88장	우정(友情)	125
제89장	그 칼에 내 칼을 보태어	149
제90장	소림뇌옥(少林牢獄)	175
제91장	천추고수(千秋高手)	203
제92장	혈풍전야(血風前夜)	241
제93장	절대천마공(絶對天魔功)	269

第八十四章

범부(凡夫)

운파월래(雲破月來).

구름이 열리면서 그 사이로 흐릿한 달빛이 흘러나와 백설루를 신비롭게 비추고 있다.

설무검은 백설루 삼층 노대 끝자락에 서 있었지만 소리없이 내려앉고 있는 달빛보다 기척을 내지 않았다.

설란궁 후원 인공 가산에 있는 지하 연공실을 은밀하게 살펴본 후, 그는 설란후 정지약의 거처인 이곳 백설루 삼층으로 올라왔다.

그의 마음속에는 정지약에 대한 일말의 사심이나 미련 같은 것도 남아 있지 않았다.

이곳까지 잠입했으니 그녀를 한 번 봐두고 가는 것도 나쁘지 않다는 생각에서 이곳에 잠시 들른 것이었다.

만약 낙성검가에 잠입할 일이 있다면 단해룡을 염탐해 보고 가는 것이 당연한 것처럼, 이것도 그것과 같은 맥락일 뿐이지 다른 뜻이 있는 것은 아니다.

백설루가 정지약의 거처이긴 하지만 이곳에 그녀가 있을 것이라고는 크게 기대하지 않았다.

해시(亥時:밤 10시)가 조금 지난 시간이니 아직 거처로 돌아오기에는 이른 시간인 것이다.

그런데 노대 끝 벽에 기대어 서 있는 설무검은 실내에서 한 사람의 기척을 감지했다.

노대의 네 칸짜리 얇은 미닫이문 너머에서 누군가의 자늑자늑한 숨소리가 생생하게 전해져 왔다. 그것은 너무도 귀에 익은 숨소리였다.

지난 날, 설무검의 입술과 귀와 온몸에 수없이 끼쳐졌던 부드럽고도 달콤한 숨소리.

때로는 쾌락으로 뜨겁게 달아오르고, 때로는 행복에 겨워 고즈넉하게 내뱉던 숨소리.

사랑한다고, 당신이 죽으면 나도 죽을 것이라고, 당신을 위해서라면 죽음조차도 두렵지 않다고 맹세하기를 서슴지 않았으며, 끝없이 속삭였던 여자의 숨소리.

정지약. 바로 그녀의 숨소리였다.

꿈틀!

설무검의 짙은 눈썹이 갈매기 날개처럼 꺾였다.

그러나 단지 그것뿐이었다.

칠 년 전, 그의 가슴에 안겨서 쾌락과 행복에 겨워하던 여자의 숨소리를 채 삼 장도 되지 않는 가까운 거리에서 감지하고 있음에도, 설무검의 심장은 이미 오래전부터 얼음보다 더 차갑게 식어 있었다.

이윽고 설무검은 그곳을 떠나려고 천천히 몸을 돌렸다. 조금 더 머무르다가는 인내심의 한계에 도달하여 정지약을 죽여 버릴지도 모른다는 우려 때문이었다.

아직은 그녀를 살려두어야 한다. 간단하게 죽이기에는 너무 큰 죄를 지은 악녀다.

"……!"

삼층 노대에서 아래쪽으로 막 신형을 날리려던 설무검은 뚝 동작을 멈추어야만 했다.

실내에 있는 정지약이 움직이기 시작했고, 노대 쪽으로 나오고 있는 것을 감지했기 때문이다.

만약 설무검이 지금 그냥 아래쪽으로 신형을 날린다면 그 순간 정지약이 노대 밖으로 나올 것이다.

그렇게 되면 노대에서 아래쪽은 한눈에 굽어보이기 때문에 발견되는 것은 시간문제다.

설무검은 뒤쪽으로 미끄러지듯이 이동하여 방금 전에 서 있던 노대 끝 벽면에 찰싹 등을 붙였다.

드르르…….

그때 노대의 미닫이문이 열리면서 한 사람이 실내에서 밖으로 걸어나왔다.

사륵…….

풀잎이 미풍에 스치듯, 긴 치마가 바닥에 끌리는 소리가 나면서 푸른색 운금단(雲錦緞)으로 몸을 감싼 절세미녀가 노대에 모습을 드러냈다.

칠흑 같은 머리를 틀어 올려 옥비녀를 하나를 꽂은 만수운환(漫垂雲鬟)의 모습 외에는 아무런 장신구도 하지 않은, 그러나 지니고 있는 용모와 몸매가 어느 보석보다도 눈부신 빛을 발산하고 있는 절세미녀는 다름 아닌 정지약이었다.

그녀는 노대 끝 난간 가에 서서 한동안 말없이 밤하늘을 바라보고 있었다.

그녀는 호흡은 물론이고 심장 박동과 맥박까지도 정지한 상태로 벽과 일체가 되어 있는 설무검이 자신의 오른편 뒤쪽에 있다는 사실을 추호도 모르고 있었다.

그러나 설무검이 서 있는 노대 끝에는 몸을 가려줄 아무런 엄폐물도 없었다. 그는 그저 벽에 기대어 서 있을 뿐이었다.

그는 칠흑 같은 흑의를 입고 있었으며, 그가 등을 붙이고 있는 벽은 짙은 갈색이다.

흑색과 갈색이 비슷한 색이라서 어느 정도 위장은 돼주고 있지만, 정지약 같은 절정고수라면 그저 돌아보는 즉시 설무검을 발견해 내고 말 터이다.

발각된다면 설무검으로서는 어쩔 수 없는 일이다.

아쉽지만 단칼에 그녀를 죽일 수밖에.

"하아……."

그때 문득 정지약이 나직한 한숨을 토해냈다. 그저 그 한숨을 듣는 것만으로도 방금까지 유쾌했던 사람이 갑자기 아무런 이유도 없이 슬퍼질 것만 같은 애잔한 한숨이었다.

정지약의 모습은 예나 지금이나 변함없이 아름다웠다.

설무검이 쳐다보고만 있어도 행복해진다는 어여쁜 얼굴과 천하를 준다고 해도 바꾸지 않겠다던 옥을 깎아 다듬은 듯 매끄럽고 풍염한 옥체도 예전 그대로였다.

그러나 지금 설무검의 눈은 예전의 눈이 아니라 예전처럼 보일 리가 없었다.

그에게 있어서 정지약은 가장 무서운 맹독을 품고 있는 한 마리 독사일 뿐이었다.

그때 정지약이 밤하늘을 바라보며 슬픈 표정으로 싯귀를

읊조렸다.

"기러기 다 날아가서 편지 못 부치고, 수심이 너무 많아 꿈 못 이루네[雁盡書難寄 愁多夢不成]."

멀리 떠나서 돌아오지 않거나 다시는 못 볼 정인을 그리워하는 유명한 시의 한 구절이었다.

설무검은 어금니를 악물고 주먹을 움켜쥔 채 살기 어린 눈빛으로 정지약을 쏘아보았다.

추악한 계집이 대체 누구를 그리워하고 있다는 말인가. 가증스럽기 짝이 없었다.

그럴 리는 없지만, 설무검은 설마 그 정인이 자신이 아니기를 간절히 빌었다.

정말 그런 것이라면 혀를 깨물고 죽고 싶을 정도로 역겨울 것이기 때문이다.

그는 지금 초인적인 인내심을 발휘하여 솟구치는 살심을 겨우 억누르고 있는 중이다.

지금이 아니더라도 그녀를 죽일 수 있는 기회는 많다. 참자. 오래지 않아서 백 배, 천 배 고통을 되갚아주려면 지금은 참아야만 한다.

여어유부중(如魚遊釜中). 어차피 저 계집은 이미 잡아다가 솥 안에 넣어 그 안에서만 놀고 있는 한 마리 물고기나 다름이 없지 않은가.

그는 그렇게 살심과 인내심 사이를 넘나들면서 또 다른 고통을 맛보고 있었다.

그때 누군가 실내로 들어오는 기척이 감지됐다. 잠시 후, 노대로 그 사람이 모습을 나타내 정지약에게 공손히 허리를 굽히며 보고했다.

"궁주, 낙성검가의 단 가주가 왔습니다."

순간 설무검의 눈썹이 조금 전처럼 꿈틀 꺾였다.

'단해룡!'

정지약에 이어서 갈가리 찢어 죽이고 싶은 놈 하나가 또 나타났다는 것이다.

설무검의 피가 용솟음치며 들끓어댔다.

그래서 그것 때문에 어깨에 메고 있는 혈마룡검이 갑자기 피를 원하여 웅웅! 울어대지 않기를 그는 빌었다.

보고를 받은 정지약은 잠시 동안 말없이 밤하늘을 비스듬히 바라보고 있었다.

보고를 한 사람은 은의를 입은 중년 여인인데, 설무검은 그녀를 잘 알고 있었다.

설란궁의 총관이며 정지약의 최측근 심복인 한빙(韓氷)이 바로 그녀다.

그녀는 과거 정지약 이상으로 설무검을 좋아하고 존경하며 따랐었다.

한빙은 노대로 한 걸음 나온 상태에서 묵묵히 정지약의 뒷모습을 바라보면서 움직이지 않고 있었다.

그러나 만약 그녀가 고개를 오른쪽으로 돌리기만 하면 설무검을 발견할 수 있을 것이다.

설무검은 벽에 등과 뒤통수를 딱 붙인 처음의 자세에서 미동조차 하지 않았다.

하지만 그는 조금도 긴장하지 않고 있었다. 분노는 있을지언정 긴장 따위가 있을 리 없었다.

운이 나빠서 만약 발각된다면 두 년 다 죽여 버리면 그만이라고 생각하고 있었다.

어쩌면 설무검의 마음 한 귀퉁이에서는 그녀들에게 발각되어 그녀들을 죽이게 되기를 바라고 있는지도 몰랐다. 지금 그의 분노는 그 정도였다.

사륵—

"가자."

그때 정지약이 실내 쪽으로 몸을 돌렸다. 그런데 설무검이 있는 오른쪽으로 회전을 하고 있었다.

설무검의 온몸이 부지중 팽팽하게 긴장했다. 오른손은 혈마룡검을 뽑을 만반의 준비를 갖추었다.

그의 시선은 정지약의 얼굴에 고정되었다. 눈이 마주치는 순간이 바로 그녀의 목이 잘리는 순간이 될 것이다.

그러나 다행인지 불행인지, 정지약의 얼굴이 설무검 쪽을 향하고 있을 때 그녀의 눈은 감겨 있었다.

아마도 몸을 돌리는 순간에 눈을 깜빡이느라 찰나지간 감았는지도 모른다.

탁!

그녀들이 나가고 문이 닫혔지만 설무검은 잠시 동안 그 자세 그대로 가만히 있었다.

뒤쫓아가서 그녀가 단해룡을 만나는 광경을 지켜볼 것인지 그냥 이대로 돌아갈 것인지를 생각하는 중이었다.

설무검은 잠시 그대로 서 있다가 천천히 노대의 난간 가로 걸어가 아래를 내려다보았다.

백설루 일층에서 나온 정지약과 한빙이 인공호수 가장자리를 따라서 어디론가 걸어가고 있는 모습이 보였다.

설무검은 잠시 그녀들을 굽어보다가 이윽고 난간 너머로 신형을 날려 어둠 속으로 사라져 갔다.

지란루 삼층.

둥글고 커다란 탁자에 미주가효가 가득 차려져 있고, 그 둘레에 설영과 은리, 한효령, 은자랑, 단랑, 염탕, 오장보가 빙 둘러앉아 화기애애한 분위기 속에서 늦은 식사를 겸해 술을 마시고 있는 중이었다.

범부(凡夫) 17

술을 마시지 못하는 은리를 제외한 모든 사람들은 이미 거나하게 취한 상태였다.

단랑과 염탕, 오장보는 원래 자기들끼리 어울려서 사흘이 멀다 않고 자주 술을 마시는 편이라서 술 마시는 데에는 이력이 난 상태였다.

세 사람은 그동안 설무검을 따라와서 봉황단주인 은자랑, 검풍루주인 한효령과 두어 차례 얼굴을 트고 지낸 사이였지만, 두 여자가 워낙 엄숙하고 깐깐한 여걸들이라서 언행에 최대한 조심을 기해왔었다.

그렇지만 오늘 이 자리에는 설영이 있었다. 그는 원래 은자랑이나 한효령하고도 허물이 없는 사이다.

더구나 설영이 무사히 살아 돌아왔기 때문에 은자랑과 한효령은 굳이 기쁜 마음을 감추려 들지 않고 평소의 위엄 같은 것을 훌훌 털어버린 채 술자리에 임하고 있었다.

단랑, 염탕, 오장보가 설무검의 형제들이라서 외인이라고 생각하지 않은 탓도 있었다.

게다가 설영이 계속해서 은자랑과 한효령의 잔에 술을 철철 넘치도록 따르면서 '건배'를 외쳐 대는 바람에 분위기가 하늘 높은 줄 모르고 고조되고 있는 중이다.

설영의 좌우에는 은리와 한효령이 찰싹 붙어 앉아서 조금도 떨어질 생각을 하지 않았다.

은리는 아예 두 팔로 설영의 허리를 꼭 끌어안은 채 품에 쓰러지듯이 안긴 자세에서 하염없이 그의 얼굴만 바라보며 방그레 미소 짓고 있었다.

 그렇게 죽을 때까지라도 설영만 바라보고 있으면 행복하다는 표정이었다.

 은리처럼은 아니지만 한효령도 설영 곁에 바짝 붙어 앉아서 쉴 새 없이 그의 뺨과 어깨, 팔을 쓰다듬으면서 그에게서 시선을 떼지 못했다.

 은리 곁에 앉은 은자랑은 자주 한효령을 쳐다보면서 알게 모르게 눈치를 주고 있는 중이었다.

 자신도 설영 옆에 좀 앉아보게 비키라는 신호인데, 한효령은 다 알면서도 짐짓 모른 체 야지랑을 부릴 뿐만 아니라 그녀의 시선을 외면하기까지 했다.

 "랑 누님! 뭐 해요? 어서 건배해요!"

 원래 백옥처럼 흰 얼굴이 취기 때문에 발갛게 상기된 설영이 술이 철철 넘치는 잔을 내밀자 은자랑과 단랑이 동시에 잔을 내밀었다.

 "그래! 마시자!"

 두 여자 모두 이름의 끝 자가 '랑' 이라서 설영이 '랑 누님' 이라고 부르자 동시에 대답한 것이다.

 설영은 너무도 기분이 좋았다. 지금 이 순간만큼은 천하를

다 가진 것처럼 무엇 하나 부러울 것이 없었다.

"건배!"

모두들 잔을 부딪치면서 소리 높여 외치고는 고개를 뒤로 젖히고 단숨에 술잔을 비웠다.

은리는 행복에 겨운 표정으로 설영의 얼굴을 말끄러미 바라보다가 그의 어깨에 가만히 뺨을 비비면서 눈을 감는 행동을 반복했다.

설령 이대로 죽는다고 해도 여한이 없을 것 같았다.

그런 모습을 바라보면서 은자랑 역시 흐뭇한 기분을 금할 길이 없었다.

그때 염탕이 은리를 가리키면서 껄껄 웃었다.

"헛헛헛! 막내야! 그러니까 저 선녀처럼 귀엽고 아름다운 작은 소저가 장차 내 제수씨가 되는 것이냐?"

그 말에 은리는 한 잔도 마시지 않으면서도 혼자 술을 모두 마셔 버린 것처럼 갑자기 얼굴이 빨개져서 얼른 설영 뒤로 숨었다.

취기가 거나해진 설영은 자신의 뒤에 숨은 은리를 일부러 끌어내서 그녀의 뺨을 두 손으로 포개듯 감싸 쥐고는 얼굴을 염탕 쪽으로 향하게 했다.

"하하하! 사 형님! 우리 리아 정말 예쁘죠?"

"영 오라버니……."

은리는 가슴이 터질 만큼 기쁘고도 부끄러워서 어쩔 줄을 모르고 눈을 내리깔았다.

 염탕은 헤벌쭉한 얼굴로 술잔을 탁자에 소리나게 두드리며 찬사를 연발했다.

 "정말 예쁘다! 나는 이 나이 먹도록 저토록 아름다운 아가씨는 처음 본다! 막내야! 그 아가씨 버리면 너 평생 후회할 것이다!"

 "하하하! 요렇게 착하고 예쁜 리아를 버리다니요?"

 설영은 고개를 젖히고 유쾌하게 웃었다. 그는 죽을 때까지 은리를 누이동생처럼 예뻐하고 귀여워해 줄 각오였다.

 쪽!

 "리아! 너 보고 싶어서 죽는 줄 알았다! 하하하!"

 설영은 아예 한술 더 떠서 은리의 양 뺨을 잡은 두 손에 가볍게 힘을 주어 그녀의 입술이 뾰족하게 모아져 앞으로 튀어 나오게 만들더니, 그곳에 큰 소리가 나도록 뽀뽀를 하고 나서 껄껄 웃었다.

 "오… 오라버니……. 난 몰라요……."

 은리는 설영 가슴에 얼굴을 묻고 희고 조그만 주먹으로 그의 가슴을 동동동 때리며 어쩔 줄 몰라 했다. 그렇지만 가슴은 행복에 부풀어 금방이라도 터질 것만 같았다.

 염탕은 이번에는 은자랑을 보며 헤벌쭉 웃었다.

"으헤헤! 은 소저께서 대형과 혼인을 하고 막내가 은리 작은 소저와 혼인을 하면 형제와 자매가 동시에 혼인을 하는 것이니 그야말로 겹 경사로세!"

그 말에 은자랑도 얼굴이 화끈! 붉어져서 고개를 숙이며 눈을 내리깔았다.

천하를 쥐락펴락하는 은자랑이지만 오직 한 사람, 설무검에게만은 그저 사랑을 갈구하는 한 여자일 뿐이었다.

염탕의 말처럼 만약 자신이 설무검과 혼인을 하고, 은리가 설영과 혼인을 하게 된다면 그 기쁨이야 이루 말로 다할 수 없을 터이다.

지금 이 자리의 사람들은 공력을 사용하지 않은 상태에서 술을 마시고 있었다.

화기애애한 분위기라서 굳이 공력으로 취기를 몰아내지 않고 있는 것이다.

모두들 오늘만큼은 기쁨에 젖어서 흠뻑 취하고 싶은 마음이었다.

늦은 밤. 설무검은 적막에 싸인 텅 빈 낙양성 대로를 혼자 걷고 있었다.

지금 그의 마음은, 아니, 심정은 뭐라고 설명할 수 없을 정도로 복잡하고 착잡했다.

무엇 때문에 그런 것인지 정확하게는 모르지만, 설란궁에 잠입하여 지척지간에서 정지약을 봤기 때문인 것만은 분명한 것 같았다.

원한과 분노, 애증이 한데 뒤섞여 지금 설무검의 가슴속은 혼돈이나 다름이 없었다.

한때 그는 무림인이 오를 수 있는 가장 높은 정점에 군림하면서 중천무림을 지배했던 절대자였었는데, 지금은 그저 일개 범부(凡夫)에 불과할 뿐이다.

지난 칠 년여 동안 느껴보지 못했던 한 가지 감정이 지금 그를 휩싸고 있었다.

쓸쓸함, 혹은 비감함이었다. 분노가 극에 달하더니 이제는 그런 감정 상태가 되고 말았다.

그는 지금 흑룡보 여룡단주의 복장이 아닌 그저 흑의 경장 차림이었다.

더구나 아무도 없는 휑한 대로를 혼자 걸어가고 있으니, 이러다가 성내를 순찰하는 중천사세나 중천칠지파 고수들 눈에 띄기라도 하면 필경 검문을 당할 것이고, 그리 되면 좋을 게 없다.

그렇지만 설무검은 개의치 않았다. 세상일이라는 것을 어찌 정해진 대로만 살 수 있겠는가.

이런 기분이기 때문에, 오늘 밤은 조금쯤은 어찌 돼도 좋다는 생각이었다.

저벅저벅…….

텅 빈 대로에 그의 발자국 소리만 공허하게 울려 퍼졌다.

문득, 설무검의 시선이 대로 우측의 어느 전문으로 향했다.

지금 그의 마음은 그 어느 때보다도 복잡하고 착잡하기 때문에 웬만한 사물은 눈에 들어오지 않는 상황이다. 그러므로 그의 시선을 끌었다는 것은 평범하지 않다는 뜻이다.

설무검은 걸음을 멈추고 삼 장 앞에 놓여 있는 거대하고 웅장한 전문을 응시했다.

그의 시선이 전문 위의 커다란 현판으로 올라갔다.

중천군림성(中天君臨城).

그런 다섯 글자가 날아갈 듯 용사비등한 필체로 굵직하게 적혀 있었다.

정지약에 의해서 백일취수에 중독된 상태에서 오른손 손목의 힘줄이 끊어지고 단전이 파괴되었으며, 몸속에 칼 한 자루가 박힌 채 죽음과도 같은 혼절에 빠져 있었던 설무검은 중천군림성이 어떻게 괴멸했는지 아는 바가 전혀 없었다.

그로부터 삼 년이 지난 후, 설무검은 양궁표 등 의제들과 함께 무공 연마를 위해서 백두산으로 떠나기 직전에 비로소 보화에게 삼 년 전 중천무림에서 일어났던 일들에 대해서 들을 수 있었다.

북천과 남천이 보낸 수많은 고수들이 어느 날 밤에 중천군림성을 급습하여 폐관 중이던 천주 이하 고수들과 식솔 전원을 몰살, 그로써 중천군림성은 멸망했다는 것이 중천사세가 주장하는 바이고, 또한 중천무림에 속한 거의 모든 사람들이 알고 있는 진실이라는 것이다.

그 당시 중천군림성은 불에 타서 완전히 폐허가 됐는데, 이후 낙성검가주 단해룡이 중천무림의 천주였던 설무검을 기리는 애틋한 심정으로 그 자리에 중천군림성을 고스란히 복원했다고 한다.

그것은 북천과 남천무림에 의해서 처참하게 죽임을 당한 전대 천주 설무검을 단해룡 자신이 얼마나 존경하고 있는지, 또한 자신은 그의 죽음과 아무 관계도 없다는 사실을 증명하려는 교활한 술수에 다름 아니었다.

단해룡은 그런 가증스러운 짓을 함으로써 중천무림의 전폭적인 지지를 얻어내는 데 성공했다.

그리고 그것을 발판으로 삼아 중천무림의 다음 대 천주에 오르려 하고 있는 것이다.

설무검은 낙양에 온 이후 일부러 중천군림성이 있는 중천로 쪽으로는 오지 않았었다.

굳이 올 일도 없었고, 단해룡이 가식으로 지어놓은 중천군림성을 보고 싶지 않았기 때문이다.

그런데 오늘 설란궁에 잠입했다가 우연찮게 정지약을 목격하는 바람에 적잖이 마음의 동요가 일어 낙양성 내를 이리저리 헤매던 끝에 자신도 모르는 사이에 발걸음이 이쪽으로 향했던 것이다.

스읏―

설무검은 어깨를 가볍게 흔들어 순식간에 중천군림성 전문 옆 담을 날아서 넘어 들어갔다.

군림각(君臨閣).

칠 년 전, 설무검의 집무실이며 거처였던 전각이다.

도합 오층이며, 중천오세가 설무검에게 충성을 맹세하는 징표로 각기 한 층씩 정성껏 지어 헌상했었다.

그 당시에는 천하에서 가장 웅장하고 아름다운 건축물로써 몇 손가락에 꼽힐 정도였었다.

칠 년 전에 불타서 전소되었을 테니, 군림각 역시 낙성검가가 그 후에 새로 지었을 것이다.

그렇지만 원래의 군림각과 비교해서 알아볼 수 없을 정도로 똑같았다.

설무검은 군림각을 한동안 묵묵히 응시했지만 아무런 감회나 느낌도 일어나지 않았다.

있다면 배신자들을 한 놈도 남김없이 모조리 죽여 버리겠다는 분노와 증오뿐이었다.

슈웃!

그때 설무검은 발끝으로 땅을 가볍게 박차고 쏜살같이 수직으로 솟구쳐 올랐다.

중간에 삼층 난간을 가볍게 한 차례 딛고는 순식간에 십오 장 높이의 오층 난간 안쪽에 소리없이 내려섰다.

과거 그는 바로 이 자리에 서서 군림각 앞 드넓은 광장에 도열한 천오백 수하들을 굽어보곤 했었다.

그는 난간 가에 서서 눈앞에 웅장하게 펼쳐져 있는 중천군림성을 굽어보았다.

군림각을 제외한 팔각(八閣)과 수십 채의 부속건물들이 어둠 속에 웅크리고 있는 광경이 한눈에 들어왔다.

예전에는 천오백여 명의 수하들이 활기차게 움직이던 중천군림성이건만, 지금은 을씨년스러운 기운만 감돌뿐이었다.

그렇지만 설무검은 천오백 수하들의 원귀가 군림각 아래 광장에 질서있게 도열한 채 군신지례를 올리는 광경이 생생하게 보이는 것 같았다.

그리고 자신들이 얼마나 비참하게 죽었는지를 하소연하듯 목이 터져라 절규하는 수하들의 외침이 귀가 먹먹할 정도로 크게 들리는 것만 같았다.

꽈악!

'잠시만 기다려라. 너희들의 원한을 가장 통쾌하게 되갚아 주겠다……!'

설무검은 두 주먹을 거세게 움켜쥐면서 군림각 앞 광장에 모인 천오백 원혼들에게 마음속으로 맹세했다.

그때 문득 그는 뒤쪽에서 흐릿한 인기척을 느꼈다.

그것은 나직한 한숨 소리였다.

그는 즉시 발바닥을 바닥에 대지 않은 상태에서 난간 가장 자리 쪽으로 미끄러져 간 후 문틈에 눈을 갖다 대면서 만약의 사태에 대비하여 공력을 끌어올렸다.

설무검이 낙양에 도착하기 전에 양궁표와 단랑은 이미 이곳 중천군림성을 두어 차례 다녀갔었다.

그들의 말에 의하면 중천군림성은 중천사세가 일 년씩 돌아가면서 관리를 하고 있는데, 관리를 맡은 방파에서 파견한 이십여 명의 고수들이 낮 동안에만 형식적으로 지키고 있으며 밤에는 텅 비어 있다고 했었다.

그런데 자정이 다 되어가고 있는 이 늦은 시각에 그것도 군림각 오층에서 인기척이 나다니, 범상한 일이 아닌 것만은 분명했다.

 군림각 내부도 예전과 똑같이 복원했다면 지금 설무검이 들여다보고 있는 안쪽은 내전(內殿)일 것이다.

 과거 그곳 단상의 태사의에 설무검이 앉으면 단하의 양편에 중천오세와 중천십이지파의 지존들이 열을 지어 서서 머리를 조아렸었다.

 문틈 사이를 들여다보던 설무검의 눈동자가 약간 커졌다. 한 사람이 뒷모습을 보인 채 단상을 향해 앉아 있는 모습을 발견한 것이다.

 희끗희끗한 반백의 긴 수염을 배에까지 기른 오십대 후반의 인물이 단하에 무릎을 꿇은 채 단상을 향해 꼿꼿하게 앉아 있었다.
 일신에 불이 붙은 듯한 붉은 홍포를 입었으며, 장대한 체구와 큰 골격에 관운장을 빼다 박은 듯한 근엄하고도 걸출한 용모의 소유자였다.
 그는 이미 반 시진 넘게 그 자리에 무릎을 꿇고 앉은 채 요지부동 앞만 주시하고 있었다.
 예전에 단상에는 커다란 태사의가 놓여 있었는데, 지금은 제단이 설치되어 있었다.

그리고 제단 위쪽 한복판에는 한 사람의 영정(影幀:죽은 사람의 초상화)이 놓여 있었다.

영정에는 중천무림 천주였던 시절의 화려한 복장을 하고 있는 설무검이 태사의에 위엄 있게 앉아 있는 모습이 그려져 있었다.

홍포인은 바로 그 영정을 뚫어지게 주시하고 있는 것이었다.

그렇게 약 일각의 시간이 더 흘렀을 때 홍포인이 천천히 자리에서 일어나더니 제단으로 다가갔다.

이어서 경건한 자세로 향을 피워 금으로 만든 정로(鼎爐:세 발 달린 향로)에 꽂은 후, 그 앞에서 옷깃을 여미고 조심스럽게 세 번 절을 하고 나서 그 자리에 꿇어앉아 웅혼한 어조로 나직이 읊조렸다.

"천주시여. 사흘 후 중삼절에 속하가 기필코 원수 단해룡의 목을 베어 영전에 바치겠나이다."

홍포인은 영정의 설무검을 쳐다보면서 비장하기 짝이 없는 표정으로 말을 이었다.

"천주시여. 원컨대 원수의 목을 벨 수 있도록 지하에서나마 속하를 보호해 주십시오. 그러나 만약 실패한다면, 속하가 대신 저승으로 가서 천주를 보필하겠나이다."

한마디 한마디에 대장부의 의혈이 뚝뚝 떨어지는 듯한 진중하고 결연한 목소리였다.

그는 이마를 바닥에 대고 한동안 움직이지 않았다. 마치 방금 한 말을 다시 곱씹으면서 지하에 있을 천주에게 간원하는 것 같은 모습이었다.

이윽고 홍포인이 비장한 표정으로 천천히 고개를 들어 다시 영정을 쳐다보았다.

"허억!"

순간 그는 벼락을 맞은 듯 몸을 격렬하게 떨면서 헛바람을 들이켰다.

그는 찢어질 듯이 부릅뜨고 핏발이 곤두선 눈으로 제단을 쏘아보았다. 그의 얼굴에 가득 떠올라 있는 것은 극도의 불신과 경악이었다.

그의 시선이 멈춘 곳에는 흑의 경장을 입은 설무검이 천신처럼 우뚝 서 있었다.

그의 몸에 가려서 뒤에 있는 향로와 영정은 보이지 않았다. 그런 모습은 마치 그가 방금 저승에서 솟아난 듯한 느낌이 물씬 들게 하였다.

홍포인은 그 자리에서 굳어버린 듯 움직이지 않은 채 설무검 얼굴에서 시선을 떼지 않았다.

그는 자신의 눈앞에서 벌어진 광경을 어떻게 이해해야 할지 갈피를 잡지 못하는 것 같았다.

설무검은 우뚝 서서 미동조차 하지 않은 채 홍포인을 물끄러미 굽어보고 있었다.

이윽고 홍포인은 설무검을 우러러보면서 잠긴 목소리로 겨우 입을 열었다.

"천… 주의 혼백(魂魄)이십니까?"

혼백이나 헛것이라고 하기에는 너무도 생생한 모습이지만, 지금 상황으로써는 그렇게밖에 생각할 수가 없었다. 그는 자신이 생각할 수 있는 최상의 질문을 했다.

설무검은 홍포인을 굽어보며 조용히 입을 열었다.

"추풍(追風)."

"……."

그러자 홍포인은 방금 전보다 더 경악하면서 부르르 몸을 떨었다.

그의 별호는 추풍도(追風刀)이고, 이름은 화운비(華雲飛)였다.

그리고 사람들은 그를 '추풍 대협' 혹은 '화 문주'라고 부르지 '추풍'이라고 부르지는 않는다.

그렇지만 칠 년 전까지는 그를 '추풍'이라고 부른 사람이 딱 한 명 있었다.

바로 중천무림의 천주인 설무검이었다.

홍포인 화운비는 대경실색한 표정으로 설무검을 우러러보고만 있을 뿐 아무 말도 하지 못했다. 천주의 혼백이라고 생각한 눈앞의 영상이 칠 년 전의 천주처럼 자신을 '추풍'이라고 불렀기 때문이다.

지금 두 눈으로 똑똑히 목격하고 있는 이 불가사의한 일을 이해하려고 짧은 시간 동안 그의 머릿속에서는 수많은 생각들이 명멸하고 있었다.

무덤 속 같은 고요가 흐르며 잠시의 시간이 지났을 때, 마침내 그는 한 가지 사실을 단정했다.

지금 자신의 눈앞에 서 있는 사람, 아니, 천주가 혼백 같은 것은 아니라는 사실이었다.

"저… 정말… 천주이십니까……?"

그리고 한참 만에야 그는 겨우 입을 열었다. 그러나 얼굴에는 아직도 경악과 불신의 표정이 역력했다.

"너는 내가 누구라고 생각하느냐?"

설무검은 나직이 중얼거렸다. 그리고 그의 표정과 목소리는 냉엄했다.

추풍도 화운비가 중천칠지파 중 하나인 벽파도문(劈破刀門)의 문주이기 때문이었다.

화운비는 묵묵히 설무검을 응시하다가 대답하는 대신 천천히 몸을 일으켰다.

설무검은 그에게서 흘러나오는 은은한 파장을 느끼고 그가 공력을 끌어올리는 것을 간파했다.

그런데 화운비는 방금 전과는 달리 표정이 돌덩이처럼 딱딱하고 차갑게 굳어졌다.

슥―

그는 성큼 두어 걸음 앞으로 걸어나와 설무검과 일 장 거리로 좁혀들었다.

그가 어깨에 메고 있는 푸른빛이 감도는 도를 뽑아서 번개같이 그어 내리기만 해도 능히 설무검의 정수리를 쪼갤 수 있는 거리였다.

그러나 설무검은 끄떡도 하지 않았다. 화운비의 공격에 당하지 않을 자신이 있기 때문이었다.

그 거리에서 화운비는 뚫어지게 설무검을 주시했다. 그의 시선은 설무검의 얼굴을 뜯어낼 듯이 살폈다.

진짜 설무검인지 아니면 인피면구를 쓰고 있는 것인지 확인하는 것 같았다.

이윽고 화운비는 설무검을 살펴보는 것을 멈추었다. 그의 얼굴에는 조금 전의 굳은 표정은 사라지고, 그 대신 기쁨과 감동이 거세게 물결치고 있었다.

"정말 천주시군요……."

조금 전에 그는 설무검의 얼굴과 체격을 보고, 또 목소리를 듣고는 가짜가 아니라고 생각했었다. 하지만 분명한 확인이 필요했던 것이다. 그리고 확인 결과 중천무림의 천주 설무검이 분명했다.

화운비는 그 자리에 무릎을 꿇고 이마를 바닥에 대면서 최대한 공손히 예를 갖추었다.

"속하 화운비. 천주를 뵈옵니다."

그의 몸이, 그리고 목소리가 격동으로 가늘게 떨리고 있었다.

설무검은 눈동자를 아래로 깔아 그를 굽어보며 조용한 어조로 입을 열었다.

"추풍, 내가 없는 사이에 너는 단해룡 쪽에 붙었더구나?"

"그렇습니다."

화운비는 이마를 바닥에 댄 자세에서 추호의 망설임도 없이 대답했다.

"왜 그랬는지 설명하겠느냐?"

설명하지 않겠다면, 그리고 그 설명으로 설무검을 이해시키지 못한다면 즉참하겠다는 뜻이다.

조금 전에 화운비는 설무검의 영정에 절을 하면서 단해룡이 중천무림의 천주로 등극하는 중삼절에 그의 목을 베어 수급을 영전에 바치겠다고 비장하게 말했었다.

설무검은 그 말을 기억하고 있었다. 그게 아니었다면 화운비 앞에 아예 모습을 드러내지 않든가, 아니면 암중에서 살수를 펼쳐 죽였을 것이다.

얼마 전 설무검은 칠 년 만에 낙양성에 돌아온 후 변해 버린 많은 사실에 착잡한 심정을 금치 못했었다.

그중에서도 그를 더욱 우울하게 만든 사실이 바로 화운비의 변절이었다.

그는 화운비를 잘 알고 있었다. 예전에 설무검은 측근들 모두가 자신을 배신하더라도 화운비만은 그러지 않을 것이라고 믿었었다. 그 화운비가 지금 눈앞에 있다.

화운비는 고개를 들지 않은 채 대답했다.

"진실을 알아내기 위해서, 그리고 흉수의 목을 베기 위해서 그랬습니다."

과연 과묵한 성격의 그답게 구구한 설명을 늘어놓지 않고 단지 그 말뿐이었다.

"진실을 알아냈느냐?"

설무검이 냉엄함을 풀지 않은 채 물었다.

"술자리에서 선우종으로부터 칠 년 전, 천주께서 중천오세의 우두머리들에게 당하신 그날 밤의 전말에 대해서 자세히 들었습니다."

선우종은 중천사세 중 하나인 혼천도문의 문주 혼원광폭도를 가리킨다. 그는 거칠고 포악하며 참을성이 없는 성격의 소유자였다.

슥—

설무검은 단상과 단하를 경계 짓는 턱에 걸터앉았다. 그의 발 앞에 조아리고 있는 화운비의 머리가 놓여 있었다.

"어디, 그 얘기를 들어보자."

"음……."

설영은 기분 좋은 숙취를 느끼면서 잠에서 깨어났다.

아니, 반은 아직도 꿈속이고 반은 깬 상태였다.

그래서 몽롱한 상태지만 기분이 매우 좋았다. 특히 잠결에 온몸으로 느껴지는 여체의 늘씬하고 풍만함, 따스함과 매끄러움이 더할 수 없이 흡족했다.

그는 품 안에 가득 안고 있는 여체를 조금 더 힘주어서 꼭 끌어안으며 자신의 몸을 가만히 비벼댔다.

"아……."

그러자 여체가 나직하고 가쁜 숨소리를 토해냈다.

그런데 그 숨소리가 은근히 설영의 음심(淫心)을 자극했다. 그렇지 않아도 그의 음경은 언제부터인가 커질 대로 커지고 단단해져서 무엇인가를 계속 갈구하고 있는 중이었다.

그는 마주 보는 자세로 안겨 있는, 뼈가 없는 듯한 나긋나긋한 여체를 더듬기 시작했다. 그는 두 손과 온몸을 동원해서 여체를 탐닉했다.

그의 입술에 부드럽고 촉촉한 여자의 입술이 닿자 마치 극도의 갈증을 느끼고 있다가 갑자기 물을 만난 것처럼 입술과 혀를 빨아댔다.

그러면서 자신의 옷을 벗고, 또 그녀의 얇은 옷을 벗기는 한편 더욱 격렬한 애무를 퍼부었다.

두 손에 닿는 여체의 감촉은 뭐라고 설명할 수 없을 정도로 따스하고 매끄러우며 탄력이 넘쳤다.

설영은 그녀를 꼭 부둥켜안은 채 몸을 아래로 미끄러뜨려서 봉긋한 젖가슴을 한입 가득 물고 정신없이 빨아댔다.

버찌 같은 작은 유두와 몽실몽실한 감촉의 살덩이가 혀와 입 안 가득 느껴졌다.

바야흐로 설영의 욕정은 절정을 향해 치닫고 있었다.

바로 그때,

"아아… 영 오라버니……."

설영의 머리 위에서 나직하면서도 자지러지는 듯한 귀에 익은 탄성이 흘러나왔다.

"……!"

순간 그는 정신이 퍼뜩 들면서 모든 동작을 뚝 멈추었다.

그는 눈을 번쩍 뜨고 눈동자를 한껏 위로 치켜뜨며 쳐다보다가 두 눈이 화등잔처럼 커졌다.

새빨개진 얼굴에 숨을 할딱이면서 두 눈을 꼭 감은 채 애처롭게 바들바들 떨고 있는 은리의 얼굴이 두 눈 가득 들어온 것이다.

'리… 아였다는 말인가…….'

단소예인 줄만 알았었다. 그녀와 뜨거운 격정의 시간을 보냈던 그 일이 왜 갑자기 비몽사몽간에 떠올라서 이 지경이 되고 말았는지…….

더구나 지금 그는 입 안 하나 가득 은리의 젖가슴을 물고 있었고, 손은 그녀의 은밀한 부위를 파헤치듯이 더듬다가 멈춘 상태였다.

'어째서 이런 일이…….'

설영은 눈을 질끈 감았다. 이 상황이 꿈이라면 한시바삐 깨어나고만 싶었다.

하여튼 술이 원수였다.

중천무림 내에서 방파나 문파를 개파하려면 매우 까다로운 조건과 심사를 거쳐야만 한다.

그렇기 때문에 중천무림 내에서 방, 문파가 새로 탄생하는 일은 일 년에 많아야 고작 한두 개에 불과할 정도였다.

그 조건과 심사를 무사히 통과하여 열흘 전에 낙양성 내에 개파한 문파가 하나 있었다.

그 문파는 칠의문(七義門)이라고 한다.

칠의문은 낙양성 금화로(金華路) 한복판에 새로운 둥지를 틀었다.

원래 통천방(通天幇)이라는 방파가 있던 자리인데, 그 방파는 중천무림의 피 튀기는 살벌한 적자생존을 끝내 이겨내지 못하고 이 년쯤 전에 도태되었다.

통천방은 처음에 개파를 할 당시에는 뭔가 대단한 포부를 품었던 것 같다.

그랬기에 사십여 채가 넘는 전각으로 이루어진 대단한 규모의 대전각군을 엄청난 돈을 쏟아 붓고 온갖 정성을 들여서 건축하지 않았겠는가.

워낙 비싼 값에 매물로 나온 탓에 지난 이 년여 동안 사려는 사람 없이 비어 있던 옛 통천방을 칠의문이 사들여서 그 자리에 개파를 한 것이다.

대전에는 육칠십 명의 사람들이 단상을 향해서 질서정연하게 대열을 갖추어 모여 있었지만, 숨소리도 들리지 않을 정도로 조용했다.

단상에는 한 사람이 있었는데, 태사의에 꼿꼿한 자세로 앉아 있는 양궁표였다.

그런데 그는 평소의 옷차림과 사뭇 다른 모습이었다. 고급

비단으로 만든 황의를 입었으며, 허리에는 번쩍이는 금빛 요대를 찼고, 이마에는 역시 금빛 영웅건을 묶었으며, 정강이까지 이르는 금빛 가죽 신발을 신었다.

한마디로 일파의 지존다운 화려한 복장이었지만 정작 본인은 왠지 어색하고 어정쩡한 자세와 표정이었다.

그도 그럴 것이, 양궁표는 지금 낙양성 통천방 자리에 새로 개파한 칠의문의 문주라는 신분으로 그 자리에 앉아 있는 것이기 때문이었다.

그의 전면 오른쪽에는 단랑과 염탕이, 그리고 맞은편, 즉 왼쪽에는 반호와 오장보가 서로 마주 보는 자세로 오 장여의 거리를 두고 시립하는 듯한 자세로 서 있었으며 각기 홍, 청, 백, 흑의단삼을 입었고 일파의 간부 급에 어울릴 만한 복장을 하고 있었다.

원래 설무검은 경붕현에서 개파했던 칠의문의 문주로 양궁표를 지목했었다.

그런데 그가 형제들에게 미안하다면서 부득부득 단랑 등 네 명을 이, 삼, 사, 오문주로 임명했다.

그래 봐야 칠의문의 일들은 옛날 장군 시절에 수천 명의 군사들을 거느려 본 경험이 있는 오장보가 거의 알아서 처리했고, 정작 문주인 양궁표 등은 있으나마나한 꼭두각시 같은 존재들이었다.

그러던 것이 열흘 전 이곳에 칠의문을 새로 개파하면서 제자리를 잡아가며 양궁표가 정식 문주의 위에 오른 것이다.
 양궁표는 칠의문의 문주고, 역시 문주였던 형제 네 명은 이곳에서는 칠의문의 네 개의 전(殿)을 맡고 있는 전주(殿主)들이 되었다.
 사 년 전, 설무검은 보화에게 중천무림의 판도에 대해서 대체적인 설명을 들은 후 며칠 동안 고심을 하면서 나름대로 굵은 계획을 세웠었다.
 그 첫 번째가 문파 하나를 세우는 것으로, 그 문제는 오장보가 관할하던 경붕현 군총을 매입하여 보화에게 관리하게 함으로써 훗날 칠의문을 개파하는 기반을 마련해 두었다.
 두 번째가 설무검 자신을 비롯한 형제들과 현조운의 무공 상승이었다.
 그래서 그들 모두 백두산 천백검문으로 가서 사 년여 동안 피나는 연마를 했던 것이다.
 칠의문이 낙양성에서 개파를 했다지만, 사실은 경붕현에서 이곳으로 이사를 온 것일 뿐이다.
 단랑 등 네 명의 전주가 마주 보고 있는 공간, 즉 대전 한복판의 앞쪽에는 십이 명이 일렬로 나란히, 그들 뒤에는 사십팔 명이 열두 개의 줄을 이루어 늘어서 있었다.
 칠의문 최상위 조직은 사 전이고, 그 아래 십이 부와 사십팔 대가 차례로 있다.

즉, 하나의 전이 세 개의 부(府)를, 하나의 부가 네 개의 대(隊)를 거느리고 있으며, 그것은 일전 휘하에 삼 부. 십이 대가 있다는 것이다.

칠의문의 최하위 조직인 일 개 대는 이십 명의 고수로 이루어져 있다.

그렇다면 모두 사십팔 대이므로 구백육십 명이고, 열두 명의 부주와 네 명의 전주, 문주, 그리고 그 인원을 지원하는 사람들 삼백여 명까지 포함한다면, 칠의문 전체 수는 무려 천삼백여 명에 육박한다는 것이다.

일개 방, 문파가 보유하고 있는 고수들의 수로만 따진다면 중천무림 내에서 단연 첫 손가락에 꼽힌다.

진정한 힘이야 어찌 됐든, 칠의문은 그것 하나만으로 이미 중천무림에 파다한 화제를 몰고 왔다.

그러나 사실 칠의문 원래 제자들은 제 일전을 맡고 있는 단랑 휘하의 이백여 명이 전부였다.

중천오층 다섯 방, 문파에서 뛰어난 실력과 충성심 등을 따져서 엄선하여 각각 백오십 명씩 도합 칠백오십 명을 선발하여 칠의문에 보냈던 것이다.

그리고 칠의문의 여러 가지 잡다한 일을 할 삼백여 명은 은자랑이 봉황단 내에서 선발하여 보내주었다.

그렇게 해서 중천군림성 이후 가장 거대한 문파가 중천무림에 탄생했던 것이다.

'휴우……. 이 노릇을 어이 할꼬?'

태사의에 한껏 점잔을 빼고 앉아 있지만 이런 자리는 난생처음이라서 가시 방석이나 다름이 없는 양궁표는 시간이 흐를수록 점점 더 전전긍긍했다.

이마에서는 진땀이 흘렀고, 몸이 내 몸처럼 여겨지지 않을 정도로 좀이 쑤셨다.

아닌 밤중에 천삼백여 명이나 되는 대문파의 지존이 되었으니, 언제나 거칠 것 없이 자유분방하던 그는 쇠사슬로 온몸을 칭칭 묶어놓은 것만 같은 기분일 수밖에 없었다.

더구나 대전에 있는 육십사 명의 시선이 아까부터 줄곧 양궁표 한 사람에게만 집중되어 있어서 얼굴 표정조차 마음대로 하지 못하고 있는 형편이었다.

그 모습을 보면서 단랑 등 형제들은 속으로 동정심과 고소를 금치 못했다.

"이형님, 이제 한 말씀하셔야지요. 모두들 문주의 말씀을 기다리고 있습니다."

'흐익!'

그때 오장보의 나직한 전음이 양궁표의 고막을 울리자 그는 불에 덴 듯 화들짝 놀라 자신도 모르게 몸을 움찔 떨었고,

얼굴에는 마치 독사를 손에 쥔 듯한 표정이 떠올랐다.

얼마나 놀랐는지 목구멍으로 솟구치는 비명을 간신히 억누르지 못했다면 문주 체면을 구길 뻔했다.

갑작스러운 문주의 행동에 좌중의 수하들은 이상하다는 표정을 지으며 양궁표를 쳐다보았다.

그러나 단랑 등 사형제는 오장보가 씁쓸한 표정을 짓고 있는 것을 보고 어찌 된 영문인지 알고는 터져 나오려는 웃음을 참느라 얼굴이 벌겋게 달아올랐다.

지난 열흘 동안 칠의문의 골격을 갖추고 조직과 지위의 편제 등을 하느라 분주해서 눈코 뜰 새가 없었는데, 이제야 겨우 전체적인 모양새가 잡혀서 칠의문의 간부 급이라고 할 수 있는 육십사 명이 대전에 모인 것이다.

그런 자리에서 문주라는 사람이 인사 치례로 한마디 하지 않아서야 말이 되지 않을 터이다.

양궁표는 자신을 빤히 주시하고 있는 육십사 쌍의 눈동자들이 흡사 육십사 개의 뾰족한 대못으로 온몸을 무참히 마구 찌르는 것 같았다.

진땀이 흐르고 온몸이 결리다 못해서 이제는 오금이 저릴 지경이었다.

어떻게 해서든 이 난관을 견뎌야, 아니, 타개해야지만 이 참혹한 형벌에서 풀려나게 될 것이다.

"어험!"

일단 양궁표는 주먹을 입에 대고 나직이 헛기침을 했다. 말, 아니, 연설을 시작하겠다는 신호였다.

그런데 머릿속이 새하얗게 탈색이 된 듯 아무 생각도 떠올라주지 않았다.

도대체 무슨 말을 어떻게 해야 할지 망망대해에 혼자 나뭇조각을 붙잡고 표류하고 있는 절박한 기분이었다.

"이형님, 하실 말씀이 생각나지 않으십니까?"

그때 오장보의 전음이 다시 이어졌다.

양궁표는 한 가닥 희망을 잡은 듯 오장보를 향해 보일 듯 말 듯 고개를 끄덕이면서 얼굴에는 도와달라는 애처로운 표정을 지어 보였다.

"이형님, 그럼 소제를 따라 하십시오."

오장보의 전음에 비로소 양궁표의 얼굴이 활짝 펴졌다. 이제는 오장보가 불러주는 대로 따라서 하면 될 일이었다.

그때 단랑이 옆에 서 있는 염탕에게 한쪽 눈을 꿈쩍 감아 보이며 신호를 보냈다.

그녀는 오장보의 입술이 달싹거리는 것을 보고 일이 어떻게 진행되고 있는지 간파를 했다.

그래서 은근히 장난기가 발동을 하여 양궁표를 골려주고 싶은 생각이 든 것이다.

오장보가 연설의 첫머리를 생각하고 있는 동안 염탕의 진지한 전음이 양궁표의 고막을 울렸다.

"이제부터 모두들 열심히 먹고, 부지런히 싸고, 잘 살아보자. 이만!"

정신이 하나도 없는 양궁표는 그 전음이 오장보의 것인 줄만 알고 그 즉시 최대한 엄숙한 목소리로 우렁차게 외쳤다.

"이제부터 모두들 열심히 먹고, 부지런히 싸고, 잘 살아보자! 이만!"

지독하게도 짧은 연설을 해놓고 양궁표는 더욱 위엄 있는 자세와 표정을 지으면서 수하들의 반응을 살피느라 좌중을 슥 한차례 쓸어 보았다.

비록 짧은 연설이었지만 그중에 '열심히'라든가. '부지런히', 그리고 '잘 살아보자'라는 말들이 들어 있어서 자신이 매우 그럴싸한 연설을 했다고 여기는 양궁표였다.

그런데 그가 제일 먼저 발견한 것은 정면에 늘어서 있는 부주들의 어리둥절한 표정이었다.

그렇지만 양궁표는 짐짓 흐뭇한 미소를 머금었다. 자고로 연설이라고 하면 몹시 길고도 지루한 법인데, 자신이 너무도 간단명료하게 하는 바람에 부주들이 조금쯤 놀라고 있는 것이라고 나름대로 해석을 한 것이다.

그런데 문득 양궁표는 아직 자신의 입속과 귓전에 남아 있는 방금 한 말의 여운이 솔솔 되살아났다.

'열… 심히 먹고……. 부지런히 싸… 라고?'

두 번, 세 번 입속으로 중얼거려 봐도 방금 전에 자신이 한 말이 분명했다.

제아무리 바보 멍청이라고 해도 자신이 방금 했던 말을 모를 리가 없다.

양궁표는 온몸의 기운이 쭉 빠졌다. 부주들이 쳐다보고 있는 것은 연설을 간단명료하게 해서 감탄한 것이 아니라 어이가 없어서라는 사실을 깨달았다.

양궁표의 성난 시선이 재빨리 오장보에게 향했다.

오장보는 씁쓸한 표정으로 양궁표에게 전음을 보냈다.

"소제가 아닙니다. 사형님이 그러셨습니다."

양궁표의 칼날 같은 눈빛이 염탕에게 향했다.

그리고 그는 발견했다. 단랑과 염탕이 터져 나오는 웃음을 참느라 얼굴이 새빨개져서 결사적으로 어금니를 악물고 있으며 발을 동동 구르고 있는 모습을.

* * *

"어디에 계시오?"

"개양각(開陽閣)에 계십니다."

장도명과 함께 떠났던 대검로가 심한 부상을 당한 상태에서 방금 낙성검가에 도착했다는 보고를 받은 단해룡이 벌떡 일어나서 달리듯이 입구로 걸어가며 묻자 총관인 풍우검 함붕이 총총히 뒤따르며 대답했다.

"어디를 얼마나 다치셨소?"

단해룡은 낙성검가 안인데도 경공을 전개하여 쏜살같이 쏘아가기 시작했다.

단해룡에 비해 무위가 많이 낮은 함붕은 순식간에 뒤쳐졌지만 따라붙으려고 기를 쓰면서 대답했다.

"온몸에 십여 군데 검상을 입으셨는데, 그중에서도 가슴과 복부의 상처가 심합니다!"

"장 책사도 왔소?"

함붕은 방금 전보다 사오 장이나 더 뒤로 처졌다.

"오지 않았습니다!"

단해룡은 더 들을 것이 없었고, 함붕은 더 이상 단해룡을 따를 재간이 없었다.

단해룡이 개양각 내의 고급스러운 밀실에 들어섰을 때, 그곳은 한바탕 난리가 벌어지고 있었으며 실내에는 피비린내가 진동을 했다.

입구에서부터 침상까지 온통 피투성이였다. 특히 침상은

완전히 피범벅이었다.

해쓱한 얼굴로 쓰러질 듯이 실내로 들어선 단해룡의 시선이 제일 먼저 침상으로 향했다.

침상 가에는 여러 명이 모여서 바쁘게 움직이고 있었는데, 그들 사이로 피투성이가 된 한 사람이 침상에 누워 있는 모습이 보였다.

'대로!'

단해룡은 속으로 부르짖었다. 그러나 침상으로 선뜻 다가가지는 못했다. 겁이 났기 때문이다.

대검로는 낙성검가의 일곱 명의 장로 낙성칠검기의 첫째인 대검기이다. 단해룡은 공식적으로는 그를 '대검로'나 '대로'라고 부른다.

대검로는 단해룡 부친의 의형으로 지금 나이가 팔십오 세이며, 낙성검가에서 최고령이다.

단해룡은 사석에서 대검로를 '백부'라고 부르지만 사실은 그 이상의 존재였다.

대검로는 단해룡의 굳건한 기둥이며 바람막이 역할을 해주는 정신적인 지주인 것이다.

바짝 긴장한 단해룡은 천천히 침상으로 걸어갔다. 침상 가에서 대검로를 치료하고 있는 가내(家內) 의원들이 그를 발견하고 분분이 길을 터주었지만, 그는 손짓으로 어서 치료를 계속하라고 지시했다.

 단해룡은 의원 옆에 서서 대검로의 상처를 살펴보다가 가슴이 철렁 내려앉았다.

 대검로의 모습은 단해룡이 보고를 듣고 달려오면서 상상했던 것보다 훨씬 더 참혹했다.

 가슴 한복판이 길게 쪼개져서 뼈가 드러났으며, 복부가 쩍 갈라져서 내장이 흘러나오는 것을 의원이 다시 집어넣으려 애쓰고 있었다.

 그런데 대검로는 눈을 뻔히 뜨고 있었다. 얼굴에는 전혀 고통스러운 표정이 떠올라 있지 않았으며, 천장을 바라보는 눈빛은 더없이 고요했다.

 "오……. 가주."

 그때 단해룡을 발견한 대검로가 반갑게 입을 열었다. 마치 외출에서 막 돌아온 조부가 손자를 발견하고 건네는 말처럼 예사로웠다.

 "대로……."

 단해룡은 목이 콱 막혀서 말을 잇지 못했다.

 대검로는 손을 들어 올리려고 애쓰면서 부드러운 미소를 지어 보였다.

 "허헛… 다행히 가주의 명을 그르치지는 않았소."

 대검로의 시선이 의원들 사이로 실내를 부유하다가 한곳

에 멈추었다.

단해룡이 그 시선을 좇아 쳐다보자 실내 구석에 도사 차림에 피를 흘리고 있는 한 명의 노인이 짐짝처럼 아무렇게나 처박힌 채 나뒹굴어 있는 모습이 시야에 들어왔다. 혈도를 제압당했는지 혼절한 모습이었다.

"허허……. 그는 모산파 장문인이오."

'모산파 장문인?'

단해룡은 적잖이 놀라는 표정을 지었다.

중천무림에 중천오세가 있다면, 남천무림에는 다섯 기둥인 남천오호(南天五豪)가 있다.

그런데 대검로가 그중 하나인 모산파의 장문인을 납치해 왔으니 어찌 놀랄 일이 아니겠는가.

"장 책사가 저자를 납치해서 가주에게 데려가라고 했소."

대검로는 목소리가 작기는 했지만 평상시 같은 어조로 차분히 설명했다.

"대로께선 어쩌다가 다치셨습니까?"

지금 단해룡의 관심사는 모산파 장문인보다 대검로였다. 그의 시선이 대검로의 갈라진 가슴과 복부를 훑으며 걱정스러운 표정으로 물었다.

"허허… 노부가 실수를 해서……. 모산파 도사들이 추격을 했소……. 돌아오는 도중에 그들과 몇 차례 싸우느라 조금 다

쳤소. 걱… 정하지 마시오, 가주."

장문인이 납치당했으니 모산파로서는 필사적으로 대검로를 추격하여 장문인을 되찾으려고 했으리라는 것은 직접 보지 않아도 알 수 있을 듯했다.

"가주."

문득 대검로가 조용히 단해룡을 불렀다.

"말씀하세요, 대로."

단해룡은 아까부터 팔을 들어 올리려고 안간힘을 쓰는데도 들어 올려지지 않는 대검로의 손을 두 손으로 감싸 잡으면서 허리를 굽혔다.

"장… 책사가 노부에게 말해주었소. 저자를 왜 납… 치해야만 하는지를……."

대검로의 얼굴에는 여전히 추호의 고통스러운 표정도 떠오르지 않았지만, 그는 말을 조금씩 더듬거렸고 목구멍 안쪽에서 그륵거리는 소리가 섞였으며 잘 들리지 않았다.

"그만! 그만 말씀하세요! 대로!"

단해룡은 대검로의 손을 움켜잡으면서 급히 외쳤다.

그러나 대검로는 들으려고 하지 않았다. 자신의 명(命)이 다했다는 사실을 느끼고 있기 때문이었다.

산발한 백발의 머리카락과 피와 땀이 범벅된 대검로의 얼굴에 자애로운 미소가 잔물결처럼 피어났다.

"가주······."

단해룡의 몸이 부들부들 떨리기 시작했다. 사실 그는 친아버지보다 대검로를 더 좋아하고 따랐었다.

친아버지가 죽었을 때에는 남처럼 무덤덤했으며 눈물 한 방울도 흘리지 않았었다.

"부··· 디 천하대계를 이루··· 시오······."

"대로······."

대검로는 더 이상 말하지 않았다. 조금 전처럼 눈을 뜨고 입가에는 자애로운 미소를 머금고 있었지만, 단해룡은 그가 숨을 거두었다는 사실을 깨달았다.

대로의 손을 잡고 있는 단해룡의 몸이 부들부들 떨렸다. 그리고 두 눈에는 가득 눈물이 차올랐다.

그는 떨리는 손을 뻗어 대검로의 눈을 감겨주었다.

의원들은 대검로가 죽었다는 사실을 아직 모르는 듯 그를 치료하느라 부산했다.

"모두 물러가시오."

단해룡이 조용히 말하자 의원들은 의아한 표정으로 그를 쳐다보았다.

"대로는 영면하셨소. 그만들 물러가시오."

의원들은 해연히 놀라 대검로의 맥을 짚어보고 심장 박동을 확인하느라 소란을 떨더니 곧 착잡한 표정을 지었다.

뒤에 서 있던 함붕이 의원들을 내쫓고 자신도 방을 나가 조심스럽게 문을 닫았다.

방문 밖에서 총관 함붕은 무려 한 시진 동안이나 가주 단해룡을 기다려야만 했다.

이윽고 한 시진 만에 방문을 열고 밖으로 나온 단해룡은 한 손으로 모산파 장문인 벽우자(碧羽子)를 마치 짐짝처럼 바닥에 질질 끌고 나왔다.

"가주……."

함붕이 급히 다가서자 단해룡은 벽우자를 끌고 대전으로 걸어나가면서 일그러진 얼굴로 중얼거렸다.

"이자는 내가 직접 심문할 것이오."

중천칠지파의 하나인 벽파도문.

문주의 거처인 벽란거(碧瀾居)는 밤새도록 불이 켜 있었다.

문주 화운비의 침실과 붙은 접객실에 한 명의 귀빈이 와 있었기 때문이다.

접객실의 크고 화려한 고급스러운 흑오목 탁자에는 정성껏 마련한 술과 안주가 간소하게 차려져 있고, 양쪽에는 설무검과 화운비가 마주 앉아 있다.

설무검은 화운비에게 칠 년 전 그날 밤의 일에 대해서 밤새 자세히 들었다.

중천오세의 지존들이 오래전부터 치밀한 계획을 세워 벌인 전모를 들으면서 설무검은 말라서 죽은 나무와 차디찬 바위처럼[枯木寒巖] 싸늘한 표정을 지은 채 꼿꼿하게 앉아 미동도 하지 않았었다.

설무검에게 백일취수를 먹인 애인 설란후 정지약.

배신의 거사가 치러질 장소를 제공하고 또 손목의 힘줄을 자른 진천방주 담제웅.

단전을 파훼한 혼천도문주 선우종.

마지막으로 설무검의 몸속에 자신의 애검인 청천검을 찔러 넣은 낙성검가주 단해룡.

그 후에 담제웅은 수하에게 설무검을 관에 넣어 멀리 떨어진 곳으로 데리고 가서 태워 없애라고 명령했었다.

설무검은 중천오세의 지존들이 모두 모인 자리에서 왜 자신을 죽이지 않았는지에 대해서 오랜 세월 고심했었다.

그리고는 결론을 내렸다. 아마도 한 가닥 정이 남아 있던 설란후 정지약이 마지막 순간에 설무검을 죽이는 것을 한사코 반대했을 터이다.

그래서 담제웅은 그녀의 감시망이 미치지 않는 장소에서 설무검을 태워서 죽이려고 했던 것이고, 그로서는 운 나쁘게도 그 명령을 최종적으로 집행하게 된 진천방의 수하가 향주 현조운이었던 것이다.

그러니까 설무검은 정지약 덕분에 산 것이다. 하지만 애초에 그녀가 음모에 가담하지 않았더라면, 그녀가 백일취수로 설무검을 중독시키지 않았더라면, 그날 밤의 배신 따위는 일어나지도 않았을 것이다.

설무검은 그런 추악한 짓을 한 정지약이 마지막 순간에 값싼 동정심 때문에 자신의 목숨을 살려주었다는 사실이 더욱 견딜 수 없었다.

그렇기 때문에 그 누구보다도 정지약이 가증스럽고도 저주스러운 것이다.

다른 놈들을 천 번 죽인다면, 그녀는 만 번은 죽여야 분노가 백분의 일쯤 풀릴 것 같았다.

설무검은 화운비의 설명을 모두 듣고 난 후부터 술을 마시기 시작하여 늦은 아침인 지금에 이른 것이다.

그는 공력을 전혀 사용하지 않은 상태에서 꽤 많이 마셨는데도 정신이 말짱했다.

설무검이 손수 따라주는 술을 공손히 받아 마신 화운비는 설무검 앞에서 취한 모습을 보이지 않으려고 가끔씩 공력으로 취기를 몰아냈다.

술과 요리는 화운비의 부인 혼자서 준비하고 시중을 들었다.

설무검의 존재를 아무에게도 들키지 않으려는 화운비의 배려인 것이다.

"철혈풍운군(鐵血風雲軍)이라고 했나?"

설무검이 술잔을 비우고 나서 빈 잔에 술을 따르며 중얼거리듯이 물었다.

"그렇습니다."

밤새 한 치도 흐트러짐 없이 꼿꼿하게 마주 앉아 있던 화운비는 즉시 고개를 깊이 숙이며 대답했다.

"그런 것이 있다는 것을 봉황단마저도 모르고 있었다니……."

설무검의 굳은 얼굴에 엷은 실소가 떠올랐다.

화운비는 혼천도문의 문주 선우종과의 술자리에서 칠 년 전, 배신의 그날 밤에 대해서만 들은 것이 아니었다.

원래 기개가 높고 근엄한 성품인 화운비는 아무리 지위가 높고 대단한 사람이라고 해도 그 사람에게 대인의 풍모가 없거나 존경할 만한 점이 없으면 절대 고개를 숙이지 않으며 가까이 하지도 않는다.

어느 정도인가 하면, 만약 누군가 화운비와 친분이 있다고 하면 사람들은 그 사람을 한 번 더 쳐다보게 된다. 대인의 풍모를 지녔거나 사란사형(似蘭斯馨)의 격조 높은 고매함을 지닌 인물이라고 생각하기 때문이다.

그런 화운비가 오랜 세월 동안 갖은 공을 들여서 선우종에게 접근하여 스스로 고개를 숙인 결과, 그에게서 여태껏 모르고 있었던 중요한 일들을 듣게 된 것이었다.

설무검이 다시 한 잔의 술을 비우자 화운비는 얼른 공손히 술을 따르면서 조심스럽게 입을 열었다.

"봉황단이 모르는 것은 당연합니다. 철혈풍운군의 존재는 중천사세의 총관들조차 모르고 있는 일입니다. 지존들 네 명만 알고 있지요."

설무검은 천천히 고개를 끄덕였다.

"중천사세가 무엇 때문에 철혈풍운군을 만들었는지에 대해서는 모르는가?"

"모릅니다. 그렇지만 전혀 추측할 수 없는 것은 아닙니다."

"그렇다면 내 짐작과 같은 게로군."

화운비는 조심스럽게 설무검을 바라보았다.

"천주의 짐작은 무엇입니까?"

설무검은 굳게 닫혀 있는 창문을 쳐다보았다.

"단해룡은 삼천무림을 일통하려는 것 같군."

화운비는 고개를 숙였다.

"그렇습니다. 속하가 아무리 생각을 해봐도 그것밖에는 없는 것 같습니다."

"철혈풍운군이라는 것들은 어디에 있는가?"

"모릅니다."

화운비는 대답을 하고 나서 머릿속으로 생각을 정리하더니 곧 말을 이었다.

"속하가 선우종에게 들은 것은, 육 년 전에 중천사세에서 각기 백 명씩의 고수들을 엄선하여 도합 사백 명을 만들어 비밀스러운 장소에서 중천사세 지존들의 성명절학을 집중적으로 연마하고 있으며, 그들을 철혈풍운군이라 칭하는데, 각 백 명씩 나누어 철군(鐵軍), 혈군(血軍), 풍군(風軍), 운군(雲軍)이라고 부른다는 것. 그리고 철혈풍운군 각자의 공력은 평균 백 년 수준이며, 그들 세 명의 합공이면 중천사세의 지존 한 명을 제압할 수 있다는 것이 전부입니다."

화운비가 자신이 들은 바를 종합적으로 말했지만, 그것은 이미 설무검이 들은 내용들이었다.

그 얘기를 듣기 전까지만 해도 설무검이 가장 신경을 썼던 것은 중천사세가 각기 자체적으로 길러서 보유하고 있는 최정예 고수들이었다.

예컨대 낙성검가의 낙성신검대, 진천방의 진천경혼수(震天驚魂手), 혼천도문의 건곤도수(乾坤刀手), 사해부의 무쌍신위대(無雙神威隊)를 가리킨다.

중천사세가 지니고 있는 세력도 무시 못할 수준이지만, 그들 네 조직이야말로 최정예 고수들이며, 설무검이 중천사세를 짓밟기 위해서는 반드시 괴멸시켜야 할 최강의 적이라고 여겨왔던 것이다.

그런데 예기치 않게도 철혈풍운군이라는 비밀조직이 하나 더 있다고 한다. 더구나 그들은 최강을 넘어선 극강(極强)의 고수들이라고 하니, 설무검으로서는 눈엣가시 같은 존재가 아닐 수 없었다.

중천사세, 아니, 사해부주인 사해무적 관중을 죽였으니 이제 중천삼세가 남았다.

설무검은 그들 중천삼세를 그저 간단하게 죽이는 것이 목적이 아니다.

그래서는 자신과 아우 설영이 받은 치 떨리는 고통과 원한, 그리고 비명에 죽은 중천군림성 천오백여 수하들의 원한이 씻어지지 않을 터이다.

중천삼세 지존들이 갖고 있으며 누리고 있는 모든 것들, 세력과 지위, 명예, 희망, 사랑 따위를 깡그리 뺏고 짓밟아서 처절한 박탈감과 상실감을 맛보게 해준 후에, 가장 잔인한 방법으로 죽이고 싶은 것이다.

그러자면 철혈풍운군이든 뭐든 다 쳐부숴야만 한다.

"추풍."

한동안 침묵을 지키던 설무검이 나직이 말문을 열었다.

"말씀하십시오."

"중삼절 때 단해룡을 죽이는 것은 그만두게."

"그러겠습니다."

화운비는 공손히 고개를 숙였다. 예전에도 그는 설무검의 말에 일체 토를 달지도 의문을 제기하지도 않았었다. 그저 묵묵히 명령을 수행할 뿐이다. 다만 설무검이 물을 때에만 자신의 생각을 차분하게 대답한다.

"나와 함께 다녀올 곳이 있네. 날이 어두워지면 출발할 테니 남문 밖에서 만나세."

그 말을 끝으로 설무검이 일어서자 화운비도 따라 일어섰다.

"속하가 안내하겠습니다."

이미 날이 밝았으니 설무검이 사람들 눈에 띄지 않고 버젓이 벽파도문을 걸어서 나가는 것은 불가능해졌다. 그래서 화운비가 안전한 통로로 벽파도문을 벗어날 수 있게 안내를 하겠다는 것이다.

"너희 두 사람, 무슨 일 있어? 싸운 거야?"

식사를 하던 은자랑이 맞은편에 나란히 앉은 설영과 은리를 보면서 의아한 표정을 지었다.

"아, 아니에요! 싸우기는요……."

그러자 설영은 펄쩍 뛰듯이 두 손을 저으며 부인했고, 은리는 고개를 푹 숙였다. 두 사람의 공통된 반응은 얼굴이 홍시처럼 붉어졌다는 사실이다.

"그런데 왜 둘 다 얼굴이 빨개지는 거지?"

은자랑은 더욱 의아한 표정을 지으면서 재차 물었다.

"빨… 개지기는 누가……."

그러나 더듬거리는 말과는 달리 손으로 뺨을 쓰다듬는 설영의 얼굴은 점점 더 빨개졌고, 은리 역시 한층 더 빨개진 얼굴을 두 손으로 감싸며 아예 이마가 무릎에 닿을 정도로 고개를 깊이 숙였다.

도대체 무슨 일인지 설영과 은리는 한 방에 콕 틀어박혀서 아침식사 때에도 나타나지 않았었다.

그대로 놔두면 점심식사 때에도 방에서 나오지 않을 것 같아서 은자랑이 방문을 열고 살며시 들어가 봤는데, 글쎄 두 사람은 해가 중천에 뜬 그때까지도 침상 위 이불 속에 나란히 누워 있는 것이 아닌가.

분명히 무슨 일이 있었을 것이라고 예상은 하고 들어간 은자랑이기는 하지만, 그 광경을 직접 보는 순간 당황하지 않을 수 없었다. 그녀는 아직 숫처녀인 것이다.

가슴이 심하게 방망이질치는 그녀는 두 사람을 쳐다보지도 못한 채 어서 나와서 식사하라는 말만 던지고는 도망치듯이 부리나케 방을 나와야만 했었다.

얼핏 본 두 사람의 모습은 벌거벗은 몸이 분명했다. 이불 밖으로 드러난 어깨가 맨살이었던 것이다.

사실 설영과 은리가 그 당시에 벌거벗은 몸이었던 것은 사실이지만 정사를 했기 때문이 아니다. 그렇다고 해서 하고 있는 중은 더더욱 아니었다.

아까 이른 아침에 설영이 잠결에 은리의 온몸을 더듬고 애무를 하면서 그녀의 옷을 벗기고 자신의 옷도 벗은 직후에 그녀의 목소리를 듣고 소스라치게 놀라 정신을 번쩍 차리고 나서는, 줄곧 그대로 누워 있는 중이었다.

그때 설영이 제정신이 아닌 상태에서 자신과 은리의 옷을 벗겨 침상 아래로 아무렇게나 내던졌는데, 나중에 벌거벗은 몸으로 그것을 집으러 갈 수 없었기 때문에 그저 이불 속에 내처 누워 있을 수밖에 없었던 것이다.

더구나 두 사람은 아침부터 지금까지 서로 말 한마디 나누지 않고 있는 중이었다.

설영으로서는 입이 백 개라도 할 말이 없는 상태였고, 은리는 하고 싶은 말이 만 마디라도 수줍어서 입이 떨어지지 않았기 때문이었다.

그뿐이 아니라 두 사람은 내내 서로 꼭 부둥켜안고 있는 자세였다. 아니, 은리가 설영의 품에서 떨어지지 않고 꼭 안겨 있는 자세라고 해야 옳았다.

달라진 것이 있다면, 설영이 입 안 가득 물고 있던 은리의 젖가슴을 뺀 것과 그녀의 소중한 부위를 더듬던 손을 떼어낸 것이 전부였다.

아침의 그 사건 직후, 놀라움과 부끄러움이 극에 달한 은리가 설영의 가슴에 얼굴을 파묻고는 정오가 되도록 꼼짝도 하지 않고 있었기 때문이다.

은리에게 대죄 아닌 대죄를 저지른 설영으로서는 그녀를 매정하게 떼어낼 수도 없는 노릇이었다.

지독히도 미안했기 때문에 그때까지도 미안하다는 말조차 꺼내지 못하고 있는 처지였다.

그가 할 수 있는 일은 바들바들 떨면서 안겨 있는 은리를 가만히 안고 있으면서 진정시켜 주는 것뿐이었다.

그런 애매모호한 상황에서 자신들의 그런 모습을 은자랑에게 들켜 버린 설영과 은리는 한동안 정신적인 공황 상태에 빠져 버리고 말았다.

은자랑이 놀라서 부랴부랴 방을 나간지도 일각이 지났을 때에야 설영은 용기를 내어 더듬거리면서 최초의 말을 겨우 내뱉었다.

"리아……. 우… 리… 옷 입을까?"

그것이 제일 급선무였다. 그러나 은자랑 때문에 더 부끄러워진 은리는 대답도 하지 못하고 몸을 한껏 옹송그리며 더욱 깊이 설영의 품에 파고들 뿐이었다.

설영은 방문 쪽을 힐끔거렸다. 자신들이 나가지 않으면 은자랑이 언제 또 들이닥칠지 몰라서 조마조마했다.

"어서 옷 입고 나가자……. 응? 랑 누님이 다시 들어오면 이번에는 아마 이불을 걷어버릴지도 몰라."

협박이 아니라 설영은 정말 그럴지도 모른다는 생각이 들어서 머리털이 쭈뼛거렸다.

설영은 부끄럽고 미안하고 후회스러운 마음이 마구 뒤엉켜 있는 상태라서 부끄러움만 느끼고 있는 은리보다 더 황망한 심정이었다.

그런데 문제는 그것만이 아니었다. 도대체 피 끓는 혈기방장한 젊은 청춘이 무슨 죄라고, 너무도 야들야들하고 탐스러운 은리의 몸뚱이를 계속해서 품속에 안고 있자니 주책없게도 설영의 음경이 자신이 생각하기에도 민망할 정도로 크고 단단해져서 안겨 있는 은리의 은밀한 곳을 지그시 찌르고 있는 것이 아닌가.

아무리 다른 생각을 하려고 애를 써도 한 번 단단해진 그놈은 요지부동이었다.

은리에게 대죄를 지은 주제에 이게 또 무슨 꼴인가 싶은 설영이 어떻게 해서든 자신의 음경을 은리의 그곳에서 벗어나게 하여 방향이라도 틀어보려고 허리를 옴찔옴찔한다 엉덩이를 뒤로 뺀다 나름대로 몸부림을 쳐 봤으나 오히려 역효과가 벌어지고 말았다.

 은리가 두 팔로 설영의 허리와 등을 꼭 끌어안고 있었기 때문에 설영이 엉덩이를 뒤로 빼는 것이 좀처럼 여의치 않은 상태에서, 괜히 음경으로 그녀의 그곳만 자꾸 쿡쿡 찌르고 문지르는 꼴이 돼버리고 만 것이었다.

 그래서 결국 설영은 혹을 떼려다가 하나 더 붙인 꼴이 되어 자포자기하는 심정으로 지금껏 속으로만 끙끙 앓고 있는 중이었다.

 그래도 언제까지 이렇게 있을 수는 없는 노릇이라서 이왕 말을 꺼낸 김에 용기를 내어 한사코 떨어지지 않으려는 은리를 살며시 밀어내고는 조심스럽게 상체를 일으켰다.

 그런데 은리가 이불을 꼭 잡는 바람에 더 이상 일어날 수가 없었다.

 그렇다고 맨몸으로 이불 밖으로 나가자니 자신의 알몸을 은리에게 보이게 되기 때문에 그럴 수도 없는 처지였다.

 사실 설영은 지금껏 은리를 손톱만큼도 여자라고 생각해 본 적이 없었다.

 그런 은리에게 몹쓸 짓을 저질렀는데 다시금 알몸까지 보인다는 것은 죽기보다도 싫었다.

 설영의 성품은 형 설무검과는 사뭇 다른 면이 있다. 싸울 때는 맹호처럼 용맹하고 잔인하지만 그 외에 일상 생활에서는 다정다감하고 여리디여린 성격인 것이다.

설영은 다시 누워 부드러운 말로 은리를 설득했다.

"리아, 그럼 우리 같이 이불을 뒤집어쓰고 침상 아래로 내려가도록 하자."

은리는 싫다 좋다 말없이 설영의 품속에 콕 파묻혀 있기만 했다. 마치 그의 품을 벗어나면 죽기라도 하는 것처럼 결사적이었다.

은자랑이 다시 들어오기 전에 옷을 입고 나가야만 하는 설영은 결단을 내릴 수밖에 없었다.

그는 두 팔로 자신의 허리를 꼭 끌어안고 있는 은리를 안은 채 이불로 두 사람의 몸을 둘둘 감고 어찌어찌 침상 바닥으로 내려가는 데 성공했다.

아니, 그런 줄 알았는데 그게 아니었다. 이불 끝이 침상 끝의 기둥과 바닥의 틈 사이에 끼어버린 것이다.

몸이 기울어진 자세에서 바닥에 한 발을 막 딛고 다른 발을 딛으려고 하던 설영은 몸이 기우뚱하다가 이불을 놓치고는 그대로 바닥에 널브러지고 말았다.

그런데 불행히도 그의 품에 꼭 안겨 있던 은리가 넘어지면서 바닥에 누워 버린 자세가 되었고 설영이 그 위에 엎어진 꼴이 돼버렸다.

그때 은리 얼굴에 가득 떠올랐던 당혹과 부끄러움이 범벅

된 표정을 설영은 죽어서도 잊지 못할 것이다.

"리…… 아……."

어쩔 줄 모른 채 허둥대는 설영과 얼굴이 새하얗게 질려서 눈을 커다랗게 뜬 채 그를 보고 있는 은리.

크게 당황한 설영은 불에 덴 듯 후다닥 몸을 일으켰는데, 마지막 사고는 바로 그때 터졌다.

창황 중에 설영이 아무 생각 없이 그냥 벌떡 일어나 서버린 것이었다. 그랬더니 누워 있는 은리의 몸 위에서 두 다리를 벌린 채 우뚝 서 있는 꼴이 되고 말았고, 떼어내 버리고 싶도록 얄미운 그놈이 뭘 잘한 게 있다고 볼썽사납게 꺼떡거리고 있는 것이 아닌가.

더구나 설영은 다리를 약간 벌린 자세로 누워 있는 은리의 눈부시게 희고 탐스러운 나신 전체를 굽어볼 수밖에 없는 상황이 돼버렸다.

순간적으로 크게 당황한 두 사람은 눈을 크게 뜨고 서로를 쳐다볼 뿐 한동안 움직이지 못했다.

난생처음 희한한 물건(?)을 보는 은리의 시선은 쉴 새 없이 꺼떡거리는 그놈에게 고정되어 있었다. 음심 때문이 아니라 너무 놀라서 그런 것이었다.

결국 두 사람은 볼 것 다 보고, 만질 것 다 만졌으며, 겪을 것 다 겪은 상태에서 부랴부랴 서둘러 옷을 입고는 밖으로 나가 그때부터 지금까지 말은커녕 서로 쳐다보는 것조차도 부끄러워 어쩔 줄 모르고 있는 것이었다.

"하기야, 너희 둘처럼 금슬 좋은 남녀가 싸울 리가 있겠니? 어서 밥이나 먹어라."

은자랑은 다 이해한다는 듯 고개를 끄덕이고 나서 한효령과 시선을 교환하며 의미심장한 미소를 머금었다.

방금 은자랑은 설영과 은리를 가리켜서 일부러 은근슬쩍 '금슬 좋은 남녀'라고 말했다. 두 사람을 어린 부부로 이미 인정하고 있다는 의미였다.

그녀는 조금 전에 두 사람을 부르러 은리의 방에 들어갔다가 두 사람이 알몸으로 침상에 누워 있는 것을 발견하고는 그들이 이미 육체적으로 한 몸이 됐다는 사실을 믿어 의심치 않게 되었고, 밖으로 나와 한효령에게 제일 먼저 그 사실을 알려주었었다.

지금 설영과 은리가 서로를 부끄러워하고, 낯이 뜨거워서 은자랑과 한효령을 똑바로 쳐다보지 못하고 있는 밑바닥에는 사실 은자랑과 한효령의 담합으로 이루어진 음모(?)가 있었던 것이다.

어제저녁에 시작된 술자리는 자시를 한 시진이나 넘긴 축시(丑時:새벽 2시)가 되어서야 겨우 끝이 났다.

단랑과 염탕, 오장보 등은 운공조식을 한 차례 하여 취기를 말끔히 몰아낸 다음에 서둘러 동방객잔으로 돌아갔고, 많이 취한 은자랑과 한효령도 운공으로 취기를 몰아내어 말짱한 상태가 되었다.

그러나 설영은 술이 흠씬 취하여 취안몽롱(醉眼朦朧)한 상태가 되었기에 운공조식을 할 처지가 못 되어 그대로 놔둘 수밖에 없었다.

그때 은자랑과 한효령이 서로 묘한 눈빛을 교환했으며, 한효령이 고개를 끄덕여 승낙의 표시를 하자 은자랑은 설영을 부축해서 은리의 방 침상에 눕혔다. 그리고는 은리에게 아무렇지도 않게 당부했었다.

"영아가 몹시 취했으니 네가 잘 보살피도록 해라."

그랬었는데 지금 이 지경이 되고 말았으며, 그 사실은 설영 혼자만 까맣게 모르고 있었다.

그러나 은리도 일이 이렇게 될 줄은 추호도 몰랐다. 그저 많이 취한 설영을 정성껏 보살피다가 깜빡 잠이 들었는데 그 난리가 벌어졌던 것이다.

그러나 창피해서 금방이라도 죽을 것만 같았던 설영은 시간이 지남에 따라서 부끄러움이 쑥스러움으로 변했고, 얼마 지나지 않아서는 그마저도 스르르 사라져 버렸다.

같은 충격을 받았다고 해도 남자와 여자의 회복 속도가 다른 법이다. 그래서 남자란 참 편리했다.

나신남녀(裸身男女) 79

설영은 용기를 내서 슬며시 한 숟가락 밥을 뜨고 나자 갑자기 입맛이 확 당겨서 그때부터는 누구 눈치 볼 것 없이 마구 퍼먹기 시작했다.

은리는 설영이 걸신들린 것처럼 허겁지겁 먹는 것을 놀란 얼굴로 핼끔 돌아보다가 그와 눈이 마주치자 혼비백산해서 얼른 고개를 푹 숙였다.

은자랑과 한효령은 그래도 설영이 남자라고 먼저 부끄러움을 털어버리고 용감하게 식사를 하는 것을 보면서 흐뭇한 미소를 짓고 있었다.

웬만큼 먹고 난 설영은 아예 젓가락을 집을 생각도 하지 못하고 있는 은리에게 은근히 미안한 마음이 들어 맛있는 전복조림 하나를 젓가락으로 집어서 슬그머니 그녀의 밥그릇 위에 얹어주었다.

설영 딴에는 자신만 먹고 은리는 먹지 않는 것 때문에 알심이 생겨서 한 행동이었다.

그런데 은자랑과 한효령이 보기에는 마치 첫날밤을 갓 보낸 새신랑이 새색시를 살뜰하게 챙겨주는 듯한 광경으로 비추어져서 흐뭇한 중에서도 '요것들 봐라?' 하는 묘한 표정으로 바라보고 있었다.

그러나 정작 당사자인 은리는 여태까지보다 더욱 당황하여 좌불안석 몸 둘 바를 몰랐다.

그때 약간의 질투심에 장난기가 생긴 숫처녀 은자랑이 눈초리를 상큼 치켜뜨면서 입가에 묘한 미소를 지었다.

"리아, 지아비가 주는 요리를 거절하면 못 쓴단다. 더구나 영아가 너를 위해서 여자 몸에 특별히 좋은 전복 요리를 주었는데 말이야. 어서 먹어야지."

"어… 언니……."

얼굴이 새빨개진 은리는 고개를 들고 은자랑을 보다가 그녀가 한쪽 눈을 찡긋 감는 것을 발견하고는 금방이라도 울 것 같은 표정을 지으며 다시 고개를 푹 숙였다.

그녀는 당장 자리를 박차고 일어나 어디론가 숨어버리고 싶었지만, 그것은 예의에 크게 어긋나는 일이라 그러지도 못하고 빨리 식사 시간이 끝나기만을 기다릴 뿐이었다.

설영은 문득 이상한 예감이 들었다. 그래서 은자랑과 한효령의 얼굴을 빠르게 살폈다. 그리고는 뭔가 심상치 않은 분위기를 감지했다. 무엇인가 짓궂은 장난이나 어설픈 계략의 냄새를 맡은 것이다.

이어서 그는 밥을 먹는 체 우물우물하면서 남몰래 은리에게 전음을 보냈다.

"리아, 듣기만 해. 어젯밤에 나하고 너를 한 방에 자게 한 사람이 랑 누님이지? 맞으면 탁자에 한 손을 얹어 봐."

은리가 가볍게 움찔 하는 것 같더니 잠시 후에 희고 섬세한 손을 자연스럽게 탁자에 올렸다가 다시 내려놓았다.

'흐음~! 그랬었군!'

설영은 보일 듯 말듯 미소를 지었다. 그는 은자랑과 한효령이 짜고서 자신을 은리의 방에 재운 것이 분명하다는 결론을 내렸다.

두 사람이 똑같이 의미심장한 미소를 머금고 있는 것을 보면 알 수 있었다.

그는 다시 은리에게 전음을 보냈다.

"리아, 쳐다보지 말고 내 말 듣기만 해. 우린 랑 누님과 어머니의 계략에 빠진 거야."

은리는 가만히 고개만 숙이고 있었다.

"만취한 나를 너와 함께 자게 해서 억지로 부부지연을 맺어주려고 했던 것 같아. 하마터면 정말 그렇게 될 뻔했는데 정말 다행이지 않아?"

은리는 조심스럽게 설영의 얼굴을 살짝 쳐다보았다. 그의 얼굴에는 정말 다행이라는 표정이 떠올라 있었다.

그런데 왠지 은리는 서운한 마음이 들었다.

'영 오라버니는 우리가 부부지연을 맺지 않게 된 것이 그렇게나 다행한 일이라고 생각하는 걸까?'

문득, 은리는 설영이 자신의 젖가슴을 힘껏 빨았을 때 왜 자신이 소리를 질렀는지 살짝 후회스러운 마음마저 드는 것을 어쩌지 못했다.

그때는 정말 난생처음 느끼는 이상한 기분이었다. 젖가슴이 떨어져 나가는 것처럼 아프기도 했지만, 그러면서도 수천 마리 개미 떼가 온몸을 마구 깨무는 것 같기도 했으며, 젖가슴을 빨았는데 마치 젖가슴과 소중한 그곳이 질긴 끈으로 연결되어 있는 것처럼, 그 끈을 세차게 잡아당기는 듯한 짜릿한 느낌을 받았던 것이다.

그래서 소스라치게 놀란 나머지 자신도 모르게 소리를 질러 버리고 말았었다.

'만약 그때 내가 소리를 지르지 않았더라면……'

은리는 거기까지 상상을 하다가 얼굴이 화끈 달아올라서 얼른 두 손으로 뺨을 감싸며 고개를 더 숙였다.

'내… 가 지금 무슨 생각을……'

그때 설영의 전음이 은리의 귓전을 나직이 울렸다. 웃음기가 가득 밴 목소리였다.

"리아, 지금부터 내가 시키는 대로 해야 돼. 알았지? 랑 누님과 어머니에게 복수를 해야겠어."

잠시 후, 설영이 무슨 말로 어떻게 은리를 구워삶았는지 그녀는 살포시 고개를 들더니 입가에 배시시 환한 미소를 지어 보였다.

그러자 은리의 느닷없는 행동에 은자랑과 한효령은 의아

한 얼굴로 그녀를 쳐다보았다.

"리아, 일부러 부끄러운 체하는 것도 정말 힘들다. 그치?"

그때 설영이 이마의 땀을 닦으면서 은리를 보며 싱그러운 미소를 지었다.

"정… 말 그래요. 영 랑."

"딸꾹!"

"여… 영 랑?"

은리가 설영을 부르는 호칭에 은자랑은 놀라서 딸꾹질을, 한효령은 '영 랑'이라는 말을 되풀이했다.

그러나 설영은 은자랑과 한효령에게는 관심도 없다는 듯 젓가락으로 맛있는 요리를 집어 은리의 입에 넣어주며 빙그레 미소를 지었다.

"그렇지만 랑 누님이나 어머니께서는 평생 남자를 가까이한 적이 없는 순결지신을 갖고 계신 분들이라서 부부지연을 맺은 우리가 신경을 써드리지 않으면 금세 쓸쓸해하신다는 말이야. 그러니까 우리가 잘해 드려야 돼."

'수… 순결지신!'

은자랑은 젓가락으로 코를 찔렀고, 한효령은 마시던 뜨거운 국을 쏟고 말았다.

은리는 설영이 입에 넣어준 요리를 냉큼 받아먹고는 오물오물 예쁘게 씹으면서 뺨을 살짝 붉히며 약간 흘기듯 은자랑과 한효령을 슬쩍 바라보았다.

"사실 외로우신 언니와 어머니부터 짝을 찾아드려야 하는데, 우리가 먼저 부부지연을 맺게 돼서 많이 미안했어요. 그런데 두 분께서 이렇게들 좋아하시는 모습을 보니 괜한 걱정을 했다 싶어요."

은자랑과 한효령은 분명히 보았다. 은리가 방금 자신들을 흘기듯 바라보던 그 눈빛이 남자를 알게 된 여자의 요염한 그것이라는 사실을.

하긴, 은자랑과 한효령은 남자의 벌거벗은 몸은 물론이거니와 단단하게 경직되어 있는 음경은 그림으로라도 구경해 본 적이 없었다.

그런데 은리는 그것을 두루 겪어봤으며, 알몸인 설영과 몇 시진 동안 부둥켜안기도 했고, 그의 농도 짙은 애무를 받아보기도 했으니, 나이는 어리지만 그녀가 은자랑과 한효령보다는 인생의 선배라고 할 수 있었다.

"저기요, 영 랑?"

이왕 시작한 도둑질이라서인지 은리는 아주 잘했다. 두 손을 앞으로 모으고 몸을 꼬면서 어깨를 기대듯이 설영의 어깨를 툭 건드리며 코 먹은 소리를 냈다.

그 무렵 은자랑과 한효령의 입에서는 씹고 있던 음식물이 줄줄 흘러나오고 있었다. 물론 그녀들은 그 사실을 전혀 모르고 있었다.

"응. 왜 리 매?"

"저기……."

용기를 내기는 했지만 이 말은 그리 쉽지 않은 은리였다.

"말해봐. 리 매 말이라면 뭐든 다 들어줄게."

"응……. 우리 빨리 밥 먹고 방에 들어가요."

"방에 가서 뭐 하게?"

"아이… 다 알면서……."

은리는 정말로 요녀처럼 몸을 한껏 꼬고 비틀면서 상체를 거의 설영의 품에 안기며 눈을 내리깐 채 옹알이를 하듯 비음을 흘려냈다.

설영은 껄껄 웃으며 은리를 안고 벌떡 일어나 성큼성큼 은리의 방으로 걸어갔다.

"핫핫핫! 까짓 거 뭐, 식사 끝날 때까지 기다릴 것 뭐 있어? 지금 당장 들어가자고!"

"어맛?"

탁!

설영은 방에 들어가서 방문을 닫자마자 은리를 내려주고 얼른 문을 빼꼼이 열고 밖을 내다보았다.

충격을 받은 듯한 은자랑과 한효령이 탁자에 우두커니 앉아 있는 모습이 보였다.

은리는 앞에서, 설영은 그녀 뒤에서 밖을 내다보다가 그 광경을 보고는 웃음이 터져 나오려는 입을 막으면서 결사적으로 참았다.

그때 은자랑과 한효령이 서로의 얼굴을 마주 쳐다보았다. 그러더니 갑자기 벌떡 일어나서 은리의 방으로 나는 듯이 곧장 달려왔다.

'흐익?'

똑같이 놀란 설영과 은리는 앞뒤 잴 것도 없이 동시에 침상을 향해 몸을 날렸다.

설영은 이불 속으로 들어가며 힐끔 방문 쪽을 쳐다보았다.

두 쌍의 눈동자가 조금 열린 문틈 사이에서 반짝이고 있는 것이 보였다.

아뿔싸! 밖을 내다보느라 방문을 약간 열어놓은 채 그냥 침상으로 뛰어든 것이다.

은자랑과 한효령이 지켜보고 있으니 난감한 일이었다. 그렇다고 이제 와서 물러설 수는 없었다.

"리아, 랑 누님과 어머니께서 문틈으로 보고 계셔."

설영은 이불 속에서 빠르게 은리에게 전음을 보냈다.

은리의 얼굴에 당혹함이 가득 떠올랐다. 그녀는 어떻게 하면 좋으냐는 표정으로 설영을 바라보았다.

아주 잠깐 입술을 깨물면서 갈등을 하던 설영이 한순간 은리의 옷을 벗기기 시작했다. 그것을 입히느라 무진 고생을 했던 것 따위는 지금 이 순간 깡그리 망각했다. 지금은 벗겨야 할 때인 것이다.

그녀를 알몸으로 만들고는 자신의 옷도 벗어 모두 침상 아래로 집어 던졌다.

이상한 일이었다. 이것이 처음이었으면 꿈도 꾸지 못할 일이겠으나, 비록 잠결이라고는 하지만 한 번 은리의 옷을 벗긴 적이 있다고, 그리고 그녀의 알몸을 안고 애무한 적이 있다고, 옷을 벗기고 또 그녀의 따스하고 부드러운 알몸을 품에 안는 일이 그다지 어색하지가 않았다. 아니, 오히려 많이 정겹고 익숙한 느낌마저 들었다.

설영과 은리가 옷을 모두 벗어 던졌는데에도 계속 문틈에 눈을 붙이고 있는 은자랑을 한효령이 뒤에서 잡아당기고는 방문을 닫아주었다.

두 여자는 방문 밖 탁자에 마주 앉아 식사를 마저 했으며, 식사를 끝낸 후에도 아주 오랫동안 그 자리에 앉아서 이런저런 담소를 나누었다.

그리고 방 안의 설영과 은리는 같은 시간 동안 이불 속에서 알몸으로 부둥켜안고 있어야만 했다.

쿠쿠쿠쿵—!

가부좌의 자세로 석대 위에 앉아 운공조식을 하고 있는 설무검의 몸이 거세게 흔들리면서 몸속에서 묵직한 음향이 연이어 터져 나왔다. 옆에 누가 있어도 들릴 정도로 묵직한 음향이었다.

그는 두 눈을 질끈 감고 어금니를 힘껏 악문 모습이다.

또한 머리카락이 곤두섰으며 입고 있는 옷이 잔뜩 부풀어서 금방이라도 큰 소리를 내며 터져 버릴 듯했다.

쾅!

그 순간 커다란 폭음이 터지며 설무검의 몸이 벼락을 맞은 듯, 아니, 폭발을 할 것처럼 부풀면서 세차게 진동했다.

그러나 그것도 잠시,

파아아―

그의 몸에서 찬란한 금광이 뿜어졌다. 마치 작은 태양이 폭발을 하면서 섬광을 발산하는 듯한 광경이었다.

그가 입고 있던 옷이 순식간에 타버려 재가 되어 허공중에 흩어졌다.

퍽!

순간 그의 가슴 한복판에서 원통형 술잔 굵기의 빛줄기가 확 뿜어져 나왔다.

원래 뿜어지고 있는 금광보다 훨씬 더 강렬하고 눈부신 금광이었다.

퍽! 퍽! 퍽!

그러나 그것이 끝이 아니었다. 등과 복부, 어깨, 허벅지에서 똑같은 굵기의 원통형 빛줄기가 연이어서 뿜어져 나왔다. 그의 몸속에 있는 빛의 근원이 몸을 마구 뚫고 빛을 뿜어내는 것 같았다.

퍼퍼퍼퍼퍽!

낮고도 둔탁한 음향은 한동안 이어졌고, 일다경쯤 지났을 때에는 그의 온몸에서 눈부신 빛이 뿜어지고 있었다.

그의 모습은 하나의 빛의 덩어리로 화해서 육안으로는 마주 쳐다볼 수가 없을 정도였다. 맨눈으로 봤다가는 그대로 실명을 할 것만 같았다.

 설무검은 사 갑자에서 십 년 모자란 이백삼십 년의 공력을 지니고 있다.

 그러나 그 공력은 신궐단전에 백오십 년, 육 단전에 오십 년, 그리고 미세단전에 삼십 년씩 각각 나누어서 축적되어 있는 상태였다.

 차분하게 앉아서 운공조식을 하면 이백 년 공력이 모여지지만, 일단 유사시에 급히 공력을 끌어올리면 신궐단전의 백오십 년 공력이 제일 처음에 모인다.

 그리고 두 호흡쯤 후에 육 단전의 오십 년 공력이 모이고, 미세단전의 삼십 년 공력은 아예 모이지 않는다.

 그러니까 막상 싸움을 해야 하는 상황이 되어 즉각적으로 대처할 때에는 신궐단전의 백오십 년 공력만으로 싸울 수밖에 없게 되고, 약간 시간적 여유가 있어야만 육 단전의 오십 년 공력을 합쳐서 이백 년 공력으로 사용할 수 있는 불편함이 있었다.

 그래서 그는 얼마 전부터 세 군데에 흩어져서 축적되어 있는 이백삼십 년 공력을 하나로 모으는 방법을 강구한 결과, 체내 일곱 개의 경락 사십구 혈도를 뚫어야만 그것이 가능해진다는 결론에 도달했다.

지난 몇 달 동안 설무검은 사십구 혈도를 뚫는 일에 전력을 기울였다.

그 결과 며칠 전까지 사십칠 개를 뚫었고, 오늘 마침내 나머지 두 개마저 뚫어버린 것이다.

그래서 그는 결국 이백삼십 년 공력을 하나로 끌어모으는 데 성공했다.

그런데 그로서는 조금도 예상하지 못했던 일이 벌어졌다. 아니, 지금 벌어지고 있는 중이었다.

우두두둑―!

쿠쿠쿵!

태양처럼 눈부신 섬광 속에서 괴이한 음향이 마구 터져 나오고 있었다.

그 음향은 섬광, 아니, 섬광을 뿜어내고 있는 발광체(發光體)가 돼버린 설무검의 몸에서 터져 나오고 있는 것이었다.

그러나 음향만이 아니었다. 섬광덩어리가 된 설무검의 몸 자체가 변하고 있었다.

온몸 수백 개의 뼈들이 서로 부딪치면서 자리를 이동하고, 근육과 혈맥이 이완되며 뒤틀리기를 반복했다.

그런데 그것뿐이 아니었다. 머리카락과 온몸의 털이란 털이 모조리 빠져 버리고, 그 자리에 새로운 머리카락과 털이

돋았으며, 모공에서는 꾸역꾸역 검붉으면서도 지독한 악취가 풍기는 진액 같은 것이 스며 나오고 있었다.

바로 환골탈태(換骨奪胎)와 벌모세수(伐毛洗髓)가 이루어지고 있는 중이었다.

설무검이 칠 경락 사십구 혈도를 힘껩게 소통시키자 이백삼십 년이라는 엄청난 공력이 사십 구 혈도를 마음대로 왕래하는 과정에서 전혀 예상치 못했던 환골탈태와 벌모세수가 벌어지고 있는 것이었다.

최초에 설무검의 몸에서 터졌던 둔중한 음향은 그의 생사현관(生死玄關), 즉 임독양맥(任督兩脈)의 봉쇄되어 있던 혈도들이 한꺼번에 소통되는 소리였다.

공력이 체내의 경락(經絡). 다시 말해서 기경팔맥(奇經八脈)과 십이경맥(十二經脈), 십오결맥(十五結脈), 십이경별(十二經別)을 주천하는 것이 곧 운공조식이다.

그러나 기경팔맥 중에 임맥과 독맥은 인간이 태어나서 늦어도 이, 삼 세가 되면 자연히 막혀 버리고 만다.

그래서 운공조식을 해도 공력이 기경팔맥을 주천하는 것이 아니라 기경육맥을 주천하게 되는 것이다.

공력이 마음대로 돌아다녀야 할 경락을 돌아다니지 못하게 되니 자연적으로 제 위력을 발휘하지 못하게 된다.

그러나 공력이 심후해지면 노도처럼 흐르는 공력의 줄기

가 스스로 혈맥을 넓히는 과정에서 강제적으로 임독양맥을 소통시키는 과정을 겪는다.

공력이 몇십 년 수준이었을 때에는 좁은 혈맥으로도 능히 주천이 가능하지만, 몇백 년 수준의 공력일 경우에는 상황이 달라지는 것이다.

그것은 사람이 다니는 길과 말이 다니는 길, 그리고 마차나 수레가 다니는 길이 각기 그 폭이 다른 것과 같으며, 졸졸 흐르는 개울물과 도도히 흐르는 대하(大河)의 물줄기가 다른 것과도 같은 이치다.

말하자면 원래 설무검의 혈맥의 폭은 말이 다니는 정도의 길이었는데 방금 전에 마차나 수레가 다닐 정도의 길로 넓혀졌다는 것이다.

또한 공력은 위에 열거한 경락만 주천하는 것이 아니다. 경락은 그보다 몇 백배나 더 많이 존재한다.

그렇지만 그것들은 거의 좁디좁은 손락(孫絡)이나 근육 속을 지나는 가느다란 세락(細絡)들이다.

말하자면 성내의 좁은 골목길이나 산의 잡초가 무성하게 뒤덮인 오솔길 같은 것이어서 마차나 수레는커녕 사람조차 제대로 다니기 힘들다.

그것이 바로 삼백육십오락(三百六十五絡)과 수없이 많은 손락들, 그리고 십이경근(十二經筋)이다.

그런데 지금 설무검의 이백삼십 년 공력은 혈맥을 넓히는 과정에서 임독양맥을 소통시켰을 뿐만 아니라, 삼백육십오락과 무수한 손락들을 주천하며 넓히는 과정에서 온몸 구석구석에 쌓여 있던 찌꺼기들을 몸 밖으로 배출하고 실핏줄 하나하나를 강건하게 만드는 벌모세수를, 십이경근을 주천하면서 근육과 뼈의 위치를 바꾸고 전혀 새롭게 탄생시키는 탈태환골까지 동시에 이룬 것이었다.

후우우—

어느덧 설무검의 체내에서 진행되던 모든 현상들이 끝나가면서 섬광이 빠르게 사라지기 시작했다.

이윽고 빛이 완전히 사라지고, 석대 위에 알몸의 설무검이 단정한 자세로 앉아 있는 모습이 드러났다.

그런데 얼핏 보기에 그의 모습은 운공조식을 하기 전이나 별로 달라져 보이지 않았다.

그러나 조금만 신경을 써서 자세히 살펴보면 그가 많이 변했음을 알 수 있을 것이다.

길게 늘어뜨려진 그의 머리카락은 윤기가 자르르 흐르는 짙은 흑색이었다.

아무리 훌륭한 여자의 머릿결이라고 해도 지금 그의 머릿결과는 비교할 수 없을 것이다. 이것은 벌모세수가 만들어낸 여러 조화 중에 하나였다.

그리고 그의 귀밑머리가 희끗희끗하게 변했는데, 그것은 현재 그의 공력이 반박귀진(反撲歸眞)의 경지에 도달했음을 증명하는 것이었다.

그것은 안광을 갈무리하여 겉으로는 전혀 무공을 익힌 것처럼 보이지 않는다는 노화순청(爐火純靑)의 경지보다 한 단계 더 높은 경지였다.

또한 설무검의 몸은 잡티 하나 없이 깨끗했다. 예전에 있었던 점이나 상처 따위가 깡그리 사라져 버린 것이다. 당연히 뺨의 검흔이나 단해룡이 청천검을 찔러 넣은 어깨의 상처도 감쪽같이 사라져 버렸다.

현재 그가 지닌 공력은 정확하게 이백삼십 년이라고 단정할 수 없는 상태다.

생사현관이 소통됐으며 반박귀진의 경지에 이르렀으니, 최소한 공력이 삼백 년까지 증진되었다고 봐야 마땅하다. 하지만 그것은 말 그대로 최소한의 공력이다.

차후 여러 차례 운공조식을 한다거나 싸움을 하게 되는 상황에서 확인하게 되겠지만, 아마 그보다 더 높아졌을 가능성이 많다.

오늘 그는 나이 삼십사 세에 다시 태어났다.

"형님, 은 소저가 서찰을 보내왔습니다."

설무검이 지하 연공실에서 나오자 기다리고 있던 양궁표가 공손히 서찰 한 통을 내밀었다. 물론 서찰은 개봉되지 않은 상태였다.

설무검은 의자에 앉아서 서찰을 읽기 시작했다.

그동안 단랑이 설무검 앞 탁자에 김이 모락모락 나는 찻잔을 내려놓았다.

하녀가 하는 일을 그녀가 대신하고 있었다. 요즘 들어서 단랑은 조금씩 변모하고 있었다. 설영 덕분에 여성을 차츰 찾아가고 있는 것이다.

누가 뭐라고 해도 마이동풍이었다. 그녀는 설영을 자신의 낭군으로 여기고 있었다.

그녀는 봄봄이부터 적잖이 변했다. 늘 선머슴처럼 경장 차림이었는데, 언제부터인가 바지를 입되 여자 옷을 입기 시작했으며, 얼굴에는 옅은 화장을, 머리에는 두어 개 장식을 하기도 한 어설픈 여자의 모습을 가꾸었다.

양옆에 서 있는 양궁표와 단랑은 아직 설무검의 변화를 깨닫지 못하고 있었다.

"읽어보게."

이윽고 읽기를 마친 설무검이 서찰을 탁자에 내려놓고 찻잔을 집어 입으로 가져갔다.

두 사람은 서찰을 돌려가며 읽고 나서 단랑이 어이없다는 얼굴로 촉빠르게 입을 열었다.

"개방의 거지들이 사해무적 관중을 살해한 것이 낙성검가의 짓이라고 은밀하게 소문을 퍼뜨리고 있다니……. 이런 쳐죽일 놈들이 있나?"

단랑은 화를 참지 못하고 안달재신하며 씨근거렸다.

"관중을 죽인 사람은 대형인데 어디서 허튼 수작이야?"

그녀는 설무검 앞에 앉아 눈을 세모꼴로 떴다.

"대형, 이 거지 새끼들을 모조리 작살을 내버립시다!"

양궁표가 손가락 하나를 뻗어 단랑의 뒷머리를 가볍게 쿡 찔렀다.

"랑아."

"네?"

"그 무슨 빙충맞은 소리냐? 생각 좀 해가면서 말을 해라."

"소제가 무슨 실수를……."

단랑은 어리둥절한 표정으로 양궁표와 설무검을 번갈아 쳐다보았다.

양궁표는 더 이상 그녀를 상대하지 않고 설무검에게 공손히 물었다.

"형님, 조치를 취하시겠습니까?"

설무검은 가볍게 고개를 끄덕였다.

"그것 때문에 이따 저녁에 어딜 좀 다녀올 계획일세."

"제가 모시겠습니다."

"저도요!"

양궁표가 고개를 숙이자 단랑도 벌떡 일어나서 냉큼 고개를 숙였다.

설무검은 빙그레 미소 지으며 양궁표를 쳐다보았다.

"문주, 자넨 할 일이 있지 않았던가?"

설무검은 그가 칠의문 문주라는 사실을 슬며시 일깨워 주었다.

"그렇습니다만, 그것은 이따 오후입니다."

"나는 내일 아침에나 돌아오게 될 게야."

"아……."

양궁표는 오늘 오후 낙성검가를 필두로 해서 중천사세와 중천칠지파에 두루 인사를 다녀야 한다.

그것은 설무검이 중천무림의 천주였던 시절부터 새로 개파한 방, 문파들이 반드시 행해야 하는 관례인데 아직도 답습되고 있었다.

"영아는 아직 돌아오지 않았는가?"

"그렇습니다."

설무검의 물음에 양궁표가 대답했다.

"자네들은 칠의문으로 돌아가게. 그리고 앞으로는 내가 부르기 전에는 이곳에 오지 말게. 이제는 칠의문이 자네들 집인 게야."

양궁표의 얼굴에 서운함이 약간 스쳤고, 단랑은 노골적으로 입을 툭 내밀었다.

설무검은 두 사람이 나가기를 기다렸다가 일어나 육각거를 나와 별채로 향했다.

그가 별채에 들어서자 하녀가 반색을 하며 맞이하고는 부리나케 양연화의 방으로 달려 들어갔다.

느닷없는 설무검의 방문에 놀란 양연화가 방에서 나오기도 전에 설무검이 먼저 방 안으로 들어섰다.

"나리……."

양연화는 설무검을 '나리'라고 부르려다가 깜짝 놀라 얼른 입을 다물었다.

예전에 그가 그렇게 부르지 말라고 다짐을 주었던 일을 생각해 낸 것이다.

하녀는 조심스럽게 뒷걸음으로 방을 나갔다.

설무검은 뒷짐을 진 채 양연화 앞에 장승처럼 우뚝 서 있었다.

양연화는 의아한 표정으로 그를 쳐다보다가 그가 왜 그러고 서 있는지를 깨달았다. '나리'가 아닌 다른 호칭으로 부르라는 무언의 요구였다.

그렇지만 양연화는 두 손을 맞잡은 채 어쩔 줄 모르고 발을 동동 구르기만 할 뿐 도대체 어떻게 불러야 할지 생각나지 않았다.

설무검은 잠시 기다리다가 빙글 몸을 돌렸다.

"연화가 나를 제대로 부르게 될 때 다시 오겠소."

양연화의 안색이 급변했다. 설무검은 그때 양연화가 저녁 식사를 만들어 준 이후 오늘 처음 방문한 것이었다. 이대로 돌아가게 할 수는 없었다.

그가 막 문고리에 손을 댔을 때, 양연화가 자신도 놀랄 만큼 큰 소리로 설무검을 불렀다.

"검 랑(劍郞)!"

양연화는 그렇게 불러놓고는 자신의 목소리에 놀라서 방금 전보다 더 당황하여 고개를 푹 숙였다.

설무검이 천천히 돌아서더니 그녀에게 다가와 손을 뻗어 허리를 안더니 가볍게 끌어당겼다.

"아······."

양연화의 작고 가녀린 몸은 집을 잃고 헤매다가 마침내 집으로 돌아온 어린 참새처럼 설무검의 너른 가슴에 살포시 안겨들었다.

양연화는 감격으로 가늘게 몸을 떨었다. 그날, 설무검이 그녀를 아내로 맞이하겠다고 선언했던 그 충격적인 말이 이제야 백분의 일쯤 실감이 나는 것 같았다.

설무검은 양연화를 안은 채 한동안 가만히 있어주었고, 양연화는 그의 가슴에 얼굴을 묻은 채 소리 없이 행복의 눈물을 흘리고 있었다.

왈칵!

"대가!"

그때 방문이 거칠게 열리면서 날카로운 외침이 터졌다.

그러나 설무검은 깜짝 놀라는 양연화의 등을 지그시 눌러서 안심을 시킨 후에 그녀를 떼어내고는 천천히 돌아섰다.

그의 앞에는 정미가 두 손을 허리에 얹은 채 당돌한 자세로 우뚝 서서 설무검을 올려다보고 있었다. 어디 한판 해보자는 기세가 역력했다.

설무검이 양연화를 안고 있었던 것에는 아예 신경도 쓰지 않는 표정이었다.

"도대체 영아는 어디에 있는 거죠? 왜 날 이곳에 처박아 두고는 코빼기도 안 보이는 거냐고요?"

설무검은 양연화를 보며 부드러운 미소를 지었다.

"연화, 그만 가보겠소."

이어서 방을 나가 성큼성큼 입구로 걸어갔다.

정미는 어이없다는 표정을 짓더니 쪼르르 설무검을 따라

가며 종알거렸다.

"영아가 어디에 있는지 가르쳐 주기 전에는 못 가요!"

설무검은 정원을 가로질러 걸어가며 뒤도 돌아보지 않았다.

"지금 내가 가는 곳에 영아가 있다."

"예?"

정미는 깜짝 놀라더니 다음 순간 설무검을 앞질러 쏜살같이 달려갔다.

"뭐 해요? 빨리 가요!"

설무검이 완전히 사라진 후에도 양연화는 별채의 돌계단 위에 오랫동안 서 있었다.

*   *   *

흑룡보에는 한바탕 소란이 벌어지고 있었다.

정오가 조금 지났을 때 느닷없이 진천방과 대승방 고수들이 들이닥친 것이었다.

그러나 흑룡보주인 주영걸과 총당주 주영풍 형제는 조금도 당황하지 않았다.

아니, 오히려 앞으로 벌어질 일을 예상하면서 입가에 떠오르는 미소를 감추느라 애를 먹고 있었다.

두 사람은 진천방과 대승방 고수들이 무엇 때문에 흑룡보에 찾아왔는지 잘 알고 있다.

어제저녁에 설무검 일행이 진천방 비웅당주와 그 휘하 이십여 명, 그리고 대승방 당주 두 명과 휘하 오십 명. 도합 칠십여 명을 낙수 강변에서 깡그리 도륙했다는 사실을 이미 어젯밤에 여룡단 삼조 부조장 등발로부터 자세히 보고를 받았던 것이다.

넓은 대전에는 백여 명 이상의 고수들이 두 패로 나뉘어져 대치하고 있었다.

한쪽에는 주영걸 형제가 나란히 섰고, 그 뒤에 등발과 여룡단원 삼십여 명이 질서 있게 도열해 있었다.

그리고 맞은편 전면에 두 명의 인물이 나란히 서 있고, 그 뒤에 팔십여 명의 고수들이 역시 열을 맞춰 질서있게 늘어서 있었다.

그들은 진천방 비호전주와 대승방 방주, 그리고 그들이 이끌고 온 정예고수들이었다.

오십 세 정도의 나이에 이빨을 드러낸 채 도약하는 맹호가 수놓아진 홍포를 입고 짧은 수염의 당당한 체구.

그가 바로 진천방의 삼인자인 비호전주다.

비호전주 옆 반 장 거리에서 두 손을 허리에 얹은 채 한껏 의기양양하게 서 있는 장대한 체구에 반백의 수염을 기른 초로인은 대승방주였다.

　지금 비호전주와 대승방주는 전면 주영걸 형제 뒤쪽에 늘어서 있는 삼십여 명의 여룡단원들을 보면서 만면에 어이없는 표정을 짓고 있었다.

　두 사람은 어제저녁에 갑자기 실종되었다가 오늘 아침에 낙수 강변에서 시체로 발견된 칠십여 명의 진천방과 대승방 고수들의 사인을 면밀히 조사하다가 마침내 흑룡보까지 오게 된 것이었다.

　낙양성 내에서 탐문한 결과, 진천방과 대승방 고수들이 흑룡보 고수들 삼십여 명을 따라간 것을 목격한 여러 명이 나타났기 때문이었다.

　진천방주 담제웅은 이번 사건을 비호전주에게 일임하면서 확실하게 파헤쳐 아예 이참에 흑룡보를 초토화시키든지, 아니면 재기불능 상태로 짓밟아 버리라고 명령했었다.

　지난번에 낙수 강가의 선화루에서 대승방 총관과 당주 네 명이 의문의 살해를 당한 일에도 흑룡보 고수들이 개입했을 것이라고 의심하고 있는 판국이었다.

　그 당시 확실한 물증이 없어서 유야무야 넘어갔지만, 이번에는 목격자들도 여럿 나타났기 때문에 흑룡보를 짓밟는 것은 별문제가 되지 않을 것이라고 담제웅이나 비호전주는 낙관하고 있었다.

이번 사건이 얼마나 중요한지는 진천방의 삼인자인 비호전주와 대승방주가 직접 나서서 팔십여 명의 정예고수들을 이끌고 들이닥친 것을 보면 잘 알 수 있었다.

그런데 그것이 아니었다. 주영걸 형제의 뒤편에서 저희들 딴에는 자못 당당한 모습을 보이려 애쓰고 있는 여룡단원 삼십삼 명은 아무리 좋게 봐주려고 해도 이류 정도 수준의 고수가 분명했다.

그래서 그들이 진천방 비응당의 당주와 날고 기는 이십 명의 고수들, 그리고 대승방 당주 두 명과 고수 오십여 명을 무참하게 도륙했을 것이라는 생각은 눈곱만큼도 들지 않았다.

그때 주영풍이 몸을 돌려 등발과 여룡단원들을 쓸어 보면서 짐짓 엄한 표정으로 물었다.

"다시 묻겠다! 어제저녁에 진천방 비응당주와 휘하고수들 이십여 명, 그리고 대승방 두 명의 당주와 오십여 명의 고수들을 너희가 죽였느냐?"

질문 자체가 웃겼다. 흑룡보 여룡단원 삼십여 명이 도대체 무슨 수로 진천방과 대승방 고수들 칠십여 명을 죽일 수 있다고 그들을 으르딱딱 몰아세운다는 말인가.

더구나 주영풍의 말투라는 것은, 마치 집안에서 온갖 말썽을 부리는 자식들이 밖에 나가서 사고라도 치고 들어온 것 때문에 심하게 꾸지람을 하는 듯한 느낌을 불러일으켜서 비호전주와 대승방주의 귀에 몹시 거슬렸다.

비호전주와 대승방주의 이맛살이 잔뜩 찌푸려졌지만 입을 열지 않고 지켜보기만 했다.

그때 주영풍의 물음에 등발이 노골적으로 어이없다는 듯한 표정을 지으며 항변을 했다.

"총당주님! 속하들은 너무 억울합니다! 확인해 보시면 아시겠지만, 속하들은 어젯밤에 성내 만보객잔에서 방 한 칸을 통째로 빌려 날이 밝을 때까지 술만 퍼마셨습니다!"

그는 너무도 억울하다는 듯 더욱 볼멘소리로 주먹으로 제 가슴을 쿵쿵 두드렸다.

"총당주님은 속하들이 밖에 나가면 사고나 치고 다니는 줄 아십니까? 우리가 세 끼 밥 고이 잘 먹고 무엇 때문에 진천방이나 대승방 사람들을 죽이겠습니까? 우린 절대 그런 짓 안 합니다!"

그의 말을 달리 들어보면, 자신들이 죽이려고 마음만 먹으면 못 죽일 것도 없지만 그깟 인간들을 죽여서 무엇 하느냐는 뜻으로 해석되기도 했다.

"이놈! 찢어진 주둥이라고 함부로 지껄이느냐!"

그때 분노로 어깨를 들썩거리고 있던 대승방주가 기어코 분노를 터뜨리며 잡아먹을 듯이 등발을 가리켰다.

눈물의 통패함 109

그러자 등발이 당장이라도 덤벼들어 모가지를 비틀 것처럼 두 팔을 휘두르면서 눈을 부라리며 대승방주에게 바락바락 고함을 질러댔다.

"너는 뭔데 남의 방파에 와서 지랄이냐? 아가리 닥치지 않으면 네놈이야말로 피똥을 싸게 만들어주겠다!"

"너… 너……."

대승방주는 화가 나기보다는 어이가 없어서 뭐라고 대꾸조차 하지 못하고 얼굴이 하얗게 탈색되어 손가락으로 등발을 가리키다가 오른손으로 어깨의 검을 잡으며 성큼성큼 등발을 향해 다가갔다.

"오냐! 이놈! 당장 목을 잘라주마!"

그러자 주영걸과 주영풍이 마치 이러기를 기다렸다는 듯이 대승방주의 앞을 벽처럼 가로막았다.

대승방주가 걸음을 멈추자 주영걸이 눈에서 번갯불 같은 안광을 쏟아내면서 꾸짖었다.

"방주! 지금 이곳이 어디라고 생각하는 것이오?"

대승방주는 가볍게 움찔했다.

주영걸은 틈을 주지 않고 몰아쳤다.

"흑룡보가 중천십이지파에서 나왔다고 해서 지금 무시하는 것이오?"

"보주… 나는……."

대승방주는 주춤거렸다.

그는 원래 몹시 다혈질적인 성격이지만, 그렇다고 앞뒤 못 가리는 아둔패기는 아니다. 지금 자신이 자칫 화를 참지 못하는 행동을 저지르면 일이 걷잡을 수 없이 커져 버린다는 사실을 직감한 것이다.

주영걸은 여태까지 비호전주와 대승방주가 하는 양을 묵묵히 지켜보기만 했지만, 이제부터는 자신이 그들을 몰아붙여야 한다고 판단했다.

그는 이미 등발로부터 이런 상황에 처하게 되면 어떻게 대처하라는 설무검의 전갈을 전해 들었다. 과연 설무검이 예상한대로 상황이 흘러가고 있었다.

"당장 물러서지 않으면 대승방이 본 보와 한번 해보자는 것으로 간주하겠소!"

주영걸은 대전이 흔들리도록 쩌렁쩌렁하게 외쳤다.

대승방주는 머뭇거렸다. 흑룡보가 겁이 나는 것은 아니다. 그렇지만 이 정도의 일로 흑룡보와 전쟁을 벌일 수는 없는 일이었다.

그가 힐끗 쳐다보자 비호전주는 가볍게 눈살을 찌푸린 채 생각에 잠겨 있었다.

대승방주는 조금 전에 길길이 날뛰던 기세가 한풀 꺾여 슬그머니 뒷걸음질쳐서 원래의 자리로 돌아가 섰다.

그러나 주영걸은 이 정도로 그만두지 않았다. 그는 느릿한 동작으로 비호전주를 쳐다보았다.

중천사세 서열 이위인 진천방의 삼인자 비호전주 정도의 지위면 중천십이지파 우두머리보다 상급이라고 할 수 있다.

주영걸은 비호전주의 얼굴을 똑바로 주시했다. 주영걸은 얼굴에 적의를 드러내지는 않았지만, 그렇다고 호의를 떠올리지도 않았다.

생각에 잠겨 있던 비호전주는 주영걸의 따가운 시선을 느끼고 가볍게 눈살을 찌푸린 채 그를 마주 쳐다보았다.

중천칠지파의 다른 우두머리 같으면 이런 상황에서 슬쩍 눈을 내리깔거나 외면을 하는 정도로 양보를 하여 비호전주의 체면을 살려주는 것이 보통이다.

그러나 주영걸은 그러지 않았다. 설무검이 나타나기 전에 이런 상황이 벌어졌다고 해도 그는 비호전주가 아니라 담제웅과 마주쳐도 눈을 내리깔 인물이 아니었다.

비호전주의 미간이 조금 전보다 더 좁혀졌다. 그는 지위를 이용하여 아랫사람을 핍박하는 따위의 인물은 아니지만, 그렇다고 아랫사람이라 여기고 있는 자가 불경한 행동을 하는 것을 용서할 만한 아량도 지니고 있지 않았다.

그때 주영걸이 슬슬 피어오르기 시작한 모닥불에 기름을

끼얹는 말을 내뱉고 말았다.

"전주, 아직도 볼일이 더 남았소?"

중천칠지파의 우두머리들은 진천방의 쌍전(雙殿), 즉 천룡전과 비호전의 전주들을 높여서 좌하(座下) 혹은 각하(閣下)라고 부른다.

예전에 중천오충이 중천십이지파에 속해 있을 때에도 그리 불렀었다.

비호전주를 '전주'라고 부를 수 있는 사람은 담제웅을 비롯한 중천사세의 지존들뿐이었다.

그러니 주영걸의 '전주'라는 호칭을 들은 비호전주의 속이 편할 리가 없었다.

그러나 주영걸은 아예 작정을 한 듯 비호전주가 반응을 보일 기회조차 주지 않았다.

"나는 당신들이 내 땅을 딛고 서 있는 자체가 심히 불쾌하오. 더 이상 볼일이 없으면 그만 가주시오."

냉랭한 축객이었다.

"네가 감히!"

비호전주는 눈에서 안광을 뿜어내며 주영걸을 쏘아보았다.

그의 뒤에 늘어서 있는 진천방 비호전의 정예고수 삼십여 명과 대승방 정예고수 오십여 명이 분위기가 심상치 않음을 감지하고 약속이나 한 듯 일제히 무기를 움켜잡았다. 여차하면 공격하겠다는 뜻이다.

일촉즉발의 팽팽한 공기가 실내를 가득 메웠다.

그러나 주영걸은 꿈쩍도 하지 않았다. 오히려 그의 짙은 눈썹이 꿈틀 꺾였다.

"지금 나더러 너라고 했느냐?"

비호전주의 눈가에 어이없는 표정이 떠오르기도 전에 주영걸의 싸늘한 말이 급류처럼 콸콸 쏟아져 나왔다.

"이놈! 네놈이 감히 여기가 어디라고 행패냐? 여기는 내 집인 흑룡보다! 네놈이 거들먹거리는 진천방 안방이 아니라는 말이다! 알아들었느냐?"

그 말에 이제는 비호전주만이 아니라 대승방주와 진천방, 대승방 고수들까지도 분노했다.

그렇지만 주영걸의 도발은 그것이 끝이 아니었다.

"네놈들과 우리는 엄연히 모시는 주군이 다르다! 너희는 개를 받들고, 우리는 용을 받든다! 옛말에도 충부사이군(忠不事二君)이라 했다! 두 명의 주군을 받드는 사악한 것들이, 개를 받드는 개의 무리들이, 어찌하여 신성한 용전(龍殿)에서 행패냐? 썩 꺼져라!"

"이… 이놈……."

비호전주는 끓어오르는 분노를 참지 못하고 마침내 어깨

의 검을 잡고 말았다.

그는 이날까지 살아오면서 지금처럼 모욕을 당하기도, 분노를 느끼기도 처음이었다.

그러나 사실 주영걸의 말은 하나도 틀리지 않았다.

해타성주(咳唾成珠). 입에서 나오는 것이 기침과 침 한 방울이라고 한들, 하나같이 정의롭고 의기에 가득 찬 충절의 말뿐이었다.

중천오충은 지금도 변함없이 전대 천주인 설무검을 주군으로 받들고 있으니, 단해룡을 주군으로 받들고 있는 중천사세와 중천칠지파와는 엄연히 다른 족속이고 또 다른 길을 걷고 있는 것이다.

또한 주영걸은 전대 천주를 용으로, 단해룡을 개라고 비유한 것이다.

그러므로 비호전주가 흑룡보에 와서 왈가왈부할 이유가 조금도 없는 것이다.

그러나 비호전주는 이 모욕을 견딜 수가 없었다. 주영걸이 단해룡을 '개'라고 칭한 것 때문이었다. 그렇다면 개를 받드는 무리들은 개만도 못한 것들이 아닌가.

그때 갑자기 대전 입구를 통해서 흑룡보 고수들이 우르르 떼 지어 몰려들어 왔다.

비호전주와 대승방주, 팔십여 고수들이 적잖이 놀라고 있을 때 이백여 명의 흑룡보 고수들이 순식간에 그들을 겹겹이 포위해 버렸다.

비호전주가 힐끗 대전 밖을 쳐다보니 그곳에도 수백 명의 흑룡보 고수들이 입구를 가로막은 채 진을 치고 있었다. 흑룡보는 오백여 고수를 보유하고 있는데, 지금 그들이 모두 총동원된 것 같았다.

'이것들이!'

비호전주는 방금 전 느꼈던 감정하고는 조금 다른 차원의 분노를 느꼈다.

그러나 그는 곧 아랫배에 지그시 힘을 주며 치밀어 오르는 감정을 억눌렀다.

그는 진천방주 진천패검 담제웅과 더불어 설무검을 도와 중천무림을 이룩한 백전노장이다.

그 말은 그가 비단 용감무쌍할 뿐만 아니라 늙은 여우처럼 노련하기도 하다는 뜻이다. 그러므로 나아갈 때와 물러날 때를 또한 잘 알고 있다.

그 노련함에 의하면 지금은 싸울 때가 아니라 화를 참고 물러나야 할 때였다.

그는 느릿하게 시선을 주영걸에게 주었다. 주영걸의 결연한 표정으로 미루어 봤을 때 그는 일전을 불사할 각오를 하고 있는 것이 분명했다.

원래 비호전주는 주영걸과 싸우면 백 초 정도에 굴복시킬 자신이 있었다.

그러나 주영걸, 주영풍 형제는 늘 함께 싸운다. 그 둘과 싸우면 승리를 장담할 수 없을 터이다.

더구나 비호전주가 이끌고 온 대승방주와 팔십여 명의 고수의 실력이라면 흑룡보 오백여 고수 중에 절반은 능히 죽일 수 있을 것이다.

그러나 단지 그것뿐이다. 절반을 죽이고 이쪽이 전멸해 버린다면 아무 소용도 없다.

더구나 어차피 이틀 후 중삼절이면 중천무림 내에서 모든 지위와 권리를 박탈당해서 추방당하거나 봉문해야만 할 처지인 흑룡보다.

지금의 분노를 차곡차곡 쌓아두었다가 갈 곳이 없어 헤매는 주영걸 형제 이하 흑룡보 고수들을 그때 가서 한껏 유린한다면, 그 또한 또 다른 흥취가 있지 않겠는가.

그리고 이곳에 온 목적은 이미 이루었다. 즉, 흑룡보 여룡단은 진천방 비웅당의 이십여 명과 대승방의 오십여 고수들을 죽이지 않았다는 사실이다.

아니, 절대로 죽일 수가 없다. 흑룡보 최하위 조직인 일개 단으로 어찌 진천방 정예고수인 비웅당과 대승방 고수들을 그처럼 무참하게 도륙할 수 있었겠는가.

더구나 죽은 시체들의 절반 이상은 검기에 의해서 몸에 구멍이 뚫려 살해당했다.

비호전주는 흑룡보주인 주영걸조차도 검기를 구사할 능력이 없다는 사실을 잘 알고 있다.

자신을 벌레처럼 노려보고 있는 주영걸, 주영풍 형제의 눈초리와 입가에 경멸의 기운이 감돌고 있는 것이 영 불쾌하지만, 일껏 눌러놓은 비호전주의 감정을 새삼스럽게 건드릴 정도는 아니었다.

"가자."

결단을 내린 비호전주는 나직이 명령을 내리고는 성큼성큼 대전 입구로 걸어갔다.

그 뒤를 대승방주와 팔십여 고수들이 입을 굳게 다문 채 묵묵히 따랐다.

저벅저벅…….

무거운 침묵 속에서 어수선한 발자국 소리만 대전 안에 가득 울려 퍼졌다.

비호전주 이하 그들은 모두 느끼고 있었다. 주영걸 형제와 여룡단원들의 비웃음에 가득 찬 눈빛을.

그러나 주영걸은 비호전주를 이대로 순순히 보내고 싶지 않았다.

한 번 더 그의 비위를 긁어대고 싶었다. 조궁즉탁(鳥窮則

啄). 궁지에 몰린 새가 오히려 부리로 쫀다고 하지만, 비호전주는 쪼지 않을 것이다. 필경 이틀 후에 보자면서 속으로 이를 갈고 있을 터이다.

뚝!

비호전주가 걸음을 멈추었다. 대전 안을 겹겹이 에워싼 흑룡보 고수들이 포위망을 풀지 않고 있었기 때문이다.

물론 주영걸의 명령에 의해서겠지만 비호전주를 가로막고 있는 흑룡보 고수들조차도 두 눈에는 살기가 번들거리고, 입가에는 조소가 떠올라 있었다.

비호전주가 멈추자 뒤따르던 자들도 줄줄이 멈추어 섰다.

그때 주영걸의 우렁찬 외침이 수하들의 머리 너머로 비호전주에게 전해져 왔다.

"올 때도 제멋대로더니 갈 때도 제멋대로인가? 뉘 집 개들인지 참으로 예의가 없구나!"

야유가 극을 치닫고 있었다.

그러나 한 번 인내하기로 다짐한 비호전주는 눈썹이 꿈틀한 차례 꺾이고, 속으로 끙! 하는 묵직한 신음을 삼키는 것으로 이번의 모욕까지 인내했다.

오히려 대승방주와 수하들이 참지 못하고 웅성거리며 분분히 무기를 움켜잡느라 어수선했다.

비호전주는 자신을 가로막고 있는 흑룡보 고수들을 똑바로 주시하면서 조용히 입을 열었다.

"주 보주, 결례가 많았소. 부디 해량하시오."

생각하는 것이 가볍고 얕아 경려천모(輕慮淺謨)한 대승방주나 수하들은 비호전주의 말에 얼굴이 붉으락푸르락 변하여 울화를 참느라 용을 쓰고 있었다.

그들 중에는 비호전주가 왜 이런 모욕을 참는 것인지 이해하지 못하는 자들이 태반이었다.

비호전주를 벼랑 끝으로 내몬 주영걸은 더 이상 그를 붙잡지 않았다.

"물러나라!"

그의 명령에 흑룡보 고수들이 썰물처럼 길을 텄다.

비호전주는 생각이 없는 사람처럼 묵묵히 그 사이로 걸어나갔고, 수하들은 거친 숨소리를 내며 뒤를 따랐다.

그때 대전을 나간 비호전주의 낭랑한 웃음소리가 대전 안으로 흘러 들어왔다.

"핫핫핫! 주영걸! 주영풍! 그래 봐야 너희는 조균부지회삭(朝菌不知晦朔)이로다."

말인즉, '아침에 돋아났다가 해가 뜨면 말라죽는 버섯이 어찌 그믐과 초승을 알겠느냐'라는 뜻으로, 명이 짧거나 덧없는 사람의 인생무상을 비유하는 말이다.

그것은 곧 이틀 후에 서리 맞은 소채 꼴이 될 흑룡보와 주영걸 형제의 비참한 신세를 빗댄 것이었다.

그러나 주영걸의 입가에는 오히려 잔잔한 미소가 떠올랐다.

그는 비호전주가 대전 밖 포위망 사이를 걸어나가는 것을 보면서 껄껄 웃었다.

"핫핫핫핫! 창승부기미치천리(蒼蠅附驥尾致千里)라 하니, 천리를 간다 한들 창승은 결국 창승이 아니겠는가!"

기막힌 화답이었다.

'쉬파리 한 마리가 천리마 꼬리에 붙어 천 리를 간다'는 뜻이거늘, 즉 소인배가 뛰어난 자에게 빌붙어 공명을 이룬다는 의미다. 그러나 공명을 이룬들 쉬파리는 결국 쉬파리일 뿐이라는 것이다.

고로 뛰어난 자는 단해룡이고, 쉬파리 창승은 담제웅이나 비호전주를 가리키는 것이다.

물론 비호전주가 그런 뜻을 모를 리가 없다. 그의 얼굴이 잘 익은 홍시처럼 시뻘겋게 변해 일그러졌다.

그 모습이 하도 가관이라서 포위망을 형성하고 있던 흑룡보 고수들이 웃음을 참느라 배에 잔뜩 힘을 주고 있는데, 그 중 한 명이 끝내 참지 못하고 방귀를 뿡뿡 뀌어대면서 박장대소를 터뜨리고 말았다.

"푸핫핫핫핫!"

원래 웃음은 전염이 된다고 했다. 웃음을 참으려고 용을 쓰고 있는 판국에 한 사람이 웃음을 터뜨려 버리니 포위망을 형성하고 있던 흑룡보 고수들이 일제히 한꺼번에 웃음을 터뜨리고 말았다.

그러더니 대전 안에 있는 주영걸 형제와 여룡단원들, 흑룡보 고수들 이백 명도 뒤따라 배꼽을 잡고 웃기 시작했다. 등발은 아예 바닥에 데굴데굴 구르면서 발버둥을 쳤다.

"우핫핫핫핫!"

"푸하핫핫핫!"

주영걸, 주영풍 형제는 웃음을 그치지 않았다. 너무 웃어서 눈물이 나올 정도로 웃고 또 웃었다.

과연 이렇게 통쾌하게 웃어본 적이 언제던가.

칠 년 전, 전대 천주의 시절에는 웃을 일도 많았었다.

어찌 통쾌한 마음이 주영걸 형제뿐이겠는가. 지난 칠 년여 동안 언제나 기가 팍 죽어 어깨를 움츠린 채 지내야만 했던 흑룡보 오백여 수하들은 태반이 웃으면서도 감격에 차서 눈물을 펑펑 흘리고 있었다.

주영걸은 비호전주가 지금 어떤 마음으로 흑룡보를 떠나고 있는지 잘 알고 있다.

그러나 이틀 후 중삼절에 비호전주가 기대하는 그런 일은 결코 일어나지 않을 것이다.

　주영길과 흑룡보, 그리고 중천오충 뒤에는 설무검이 버티고 있기 때문이다.

 정미는 설무검이 칠 년 전에 중천무림의 천주였다는 사실을 들어서 알고 있다.

 하지만 그녀는 중천무림이니 삼천무림 같은 것의 진정한 의미를 잘 모르고 있었다.

 그렇기 때문에 중천무림의 천주가 어느 정도 막강하고 고귀한 신분이었는지 가늠조차 하지 못한다.

 다만 그녀는 설무검을 설영의 형님 정도로만 여기기 때문에, 그저 친구의 형을 대하듯 허물없이 대하고 있었다.

 평범한 흑의 경장에 챙이 넓은 방립(方笠)을 깊이 눌러쓴 설무검이 지란루로 들어서자 정미는 신기하다는 듯 두리번거리면서 쭐레쭐레 따라 들어왔다.

그녀는 예전에 낙영루에서 머문 적이 있었지만, 낙영루보다 규모 면에서 서너 배는 더 큰 데다가 훨씬 화려한 지란루의 내부를 보고 눈이 휘둥그레져서 두리번두리번 구경을 하느라 정신이 없었다.

"앗! 같이 가요!"

쿵쾅쿵쾅!

그러다가 설무검이 총관의 안내를 받으면서 계단을 올라가는 것을 뒤늦게야 발견하고는 요란하게 계단을 울리며 뛰어 올라갔다.

"여기에 영아가 있나요?"

계단을 다 오른 설무검이 꼭대기 층을 통째로 사용하고 있는 은자랑의 방문을 열자 정미가 먼저 안으로 쏙 들어가며 노래하듯 외쳤다.

그곳은 눈이 번쩍 뜨일 정도로 화려가 극에 달한 넓은 접객실이었다.

정미는 이리저리 기웃거리면서 못 본 지 하루밖에 안 되는 설영을 찾느라 부산을 떨었다.

"영아! 나 왔어! 정미! 어디에 있는 거야?"

소란스러움에 어느 방문이 열리면서 화사한 비단 옷차림

의 선녀 같은 은자랑이 모습을 드러냈다.

그녀는 설무검을 발견하고 환한 미소를 지으며 다가왔다.

"어서 오세요."

"응."

설무검은 고개를 끄덕이고는 푹신한 태사의에 몸을 묻었다.

정미는 아무리 둘러봐도 설영을 찾지 못하자 은자랑에게 다가와 옷자락을 잡아당겼다.

"언니, 혹시 영아 어디 있는지 알아요?"

"낭자는 누군가요?"

예의 은자랑의 범접하기 어려운 존엄하고 우아한 태도와 목소리도 정미에겐 전혀 먹혀들지 않았다.

"나는 정미예요. 영아를 만나러 왔거든요?"

무례할 정도로 당돌한 말투였다.

은자랑은 정미를, 정미는 은자랑을 서로 처음 본다. 봉황단주인 은자랑이 정미를 만날 이유가 없었고, 검풍살수인 정미가 봉황단주를 만날 일 역시 없었기 때문이다.

은자랑이 정미가 누구냐는 듯 설무검을 바라보았지만, 그는 턱을 괸 채 깊은 생각에 잠겨 있었다.

그때 정미가 허리에 양손을 얹고 은자랑을 똑바로 보면서 발칵 화를 냈다.

우정(友情) 129

"내 말 못 들었어요? 영아가 어디에 있느냐고 묻잖아요!"

은자랑은 어이가 없는 표정을 살포시 지었지만 정미가 설무검과 함께 왔기 때문에 함부로 대하지 못하고 애써 미소를 지어 보였다.

"영아는 지금 내 여동생과 긴한 일을 하고 있는 중이니까 잠시만 기다려요."

사실 설영은 밀실에서 무공을 배운 적이 없는 은리에게 아미파의 금정대신공 심법을 전수하고 있는 중이었다.

선천적으로 몸이 많이 허약한 은리는 걸핏하면 감기 따위로 앓아눕기 일쑤였는데, 그것이 안타까워서 은자랑이 무공을 가르치려고 하면 한사코 손을 내저으면서 완강하게 거절을 했더랬다.

그래서 은자랑이 꾀를 내어 넌지시 설영에게 은리를 회유해 보라고 권했었다.

그런데 어찌 된 일인지 은리는 '내가 가르쳐 줄 테니 무공을 배워보지 않겠니?' 라는 설영의 한마디에 반색을 하면서 어서 가르쳐 달라고 매달리는 것이 아닌가.

마음 한편으로는 서운하면서도 은리가 최초로 무공을 배우겠다고 선뜻 나섰다는 사실로 위로를 삼을 수밖에 없는 은자랑이었다.

"어디에 있죠? 내가 직접 가보겠어요."

은자랑이 타일렀지만 정미는 막무가내였다.

"앉거라."

그때 설무검이 정미에게 조용히 말했다.

그런데도 정미는 다기지게 고집을 부렸다.

"싫어요! 나는 한시바삐 영아를 보고 싶단 말이에요!"

은자랑은 적잖이 놀라는 표정을 지었다. 그녀는 설무검의 말을 거부하는 사람을 지금 눈앞에서 처음 보고 있었다.

척!

그때 입구 쪽 문이 열리면서 잠시 볼일을 보러 나갔던 한효령이 들어섰다.

무심코 입구를 돌아보던 정미의 얼굴에 최초로 떠오른 것은 경악이고, 그다음은 두려움이었다.

아무도 제어할 수 없을 것 같던 정미는 한효령의 출현으로 한 덩어리 얼음덩어리가 되어버렸다.

"루… 루주, 속하 인사드립니다……."

한효령은 바로 검풍루주인 것이다. 중천무림의 천주조차도 눈에 차지 않던 정미가 세상에서 제일 무서워하는 존재가 다름 아닌 검풍루주였다.

한효령은 냉엄하고도 근엄한 얼굴로 힐끗 정미를 일견하더니 대꾸조차 하지 않고 은자랑에게 다가가 멈추고는 공손히 허리를 굽혔다.

"다녀왔습니다."

설영의 양어머니인 한효령을 남이라고 생각하지 않게 된 은자랑은 마주 가볍게 고개를 숙였다.

"수고하셨어요."

그때 설무검이 일어나 미소를 지으면서 한효령에게 고개를 숙여 보였다.

"또 왔습니다."

설무검을 만날 때마다, 그리고 그가 예의를 갖출 때마다 정신을 차리지 못하는 한효령이었다.

"아이구! 이러시면 안 됩니다, 천주……!"

한효령은 코가 바닥에 닿을 정도로 허리를 굽혔다.

그러자 설무검이 한 손으로는 한효령의 손을 잡고, 다른 손으로 어깨를 잡으며 공손히 일으켰다.

"이러지 마십시오. 자꾸 이러시면 제가 어머니를 뵈올 수가 없지 않겠습니까?"

"아……."

한효령은 식은땀을 흘리며 전전긍긍 어찌할 바를 몰랐다.

그때 은자랑이 한효령을 구원해 주었다.

"가신 일은 어떻게 됐나요?"

"단주의 예상이 맞았습니다."

"그렇지요?"

뻣뻣하게 서 있던 정미는 두 여자의 대화에 소스라치게 놀라서 하마터면 비명을 지를 뻔했다.

'단… 주. 설마 봉황단주?'

검풍루주가 예를 표하면서 '단주'라고 호칭할 사람은 봉황단주 말고는 아무도 없다.

정미는 혀가 목구멍으로 말려 들어가고 심장이 오그라드는 공포에 몸을 부들부들 떨기 시작했다.

그러나 정미에게 신경을 쓰는 사람은 아무도 없었다.

한효령의 보고가 이어졌다.

"개방 낙양 분타주의 지휘 아래 백이십여 명의 개방거지들이 사해보주 관중의 죽음이 단해룡의 명령에 의한 것이라는 헛소문을 퍼뜨리고 있는 것을 확인했습니다. 소문의 진원지는 낙양이지만 개방거지들이 천하로 돌아다니면서 퍼뜨리고 있는 중입니다."

"음, 그렇군요."

"개방 낙양 분타주를 감시하고 있나요?"

설무검의 물음에 한효령은 엷은 미소를 지었다.

"당연하지요."

설무검도 따라서 미소를 지었다.

"무언가 건진 것이 있는 것 같군요."

"그렇습니다. 개방 낙양 분타주 취운개(醉雲丐)가 은밀하게 누군가를 만나는 장면을 제 눈으로 목격했습니다."

"누구였습니까?"

한효령의 미소가 조금 더 짙어졌다.

"누군지는 모르지만 낙성검가 인물인 것만은 분명합니다."

"낙성검가 인물이 틀림없습니까?"

"확실한가요?"

설무검과 은자랑이 가볍게 놀라면서 동시에 물었다.

웬만한 일로는 눈도 깜빡이지 않는 설무검이지만 지금은 적잖이 놀라고 있었다.

설무검은 개방이 헛소문을 퍼뜨리고 있다는 은자랑의 서찰을 받았을 때 제일 먼저 떠오른 것이 남천무림, 아니, 남궁세가의 음모였다.

금호방주를 암살하라고 검풍루에 청부한 것이 남궁세가였고, 이후 사해보주 관중의 암살을 청부한 것도 남궁세가였다.

금호방주가 암살됐을 때 중천무림에 파다하게 퍼졌던 소문은 '금호방주의 암살 배후에는 낙성검가주 단해룡이 있다'라는 것이었다.

그런데 사해무적 관중의 암살 이후에 또다시 '사해보주 암살의 배후에는 단해룡이 있다'라는 소문이 퍼졌으니, 헛소문을 퍼뜨리라고 지시한 곳이 남궁세가라고 생각하는 것은 당연한 일이 아니겠는가.

그런데 한효령의 말은 개방 낙양 분타주 취운개를 은밀하게 만난 인물이 남궁세가가 아니라 낙성검가 인물이라고 확신한다는 것이다.

한효령은 생각에 잠긴 설무검과 은자랑을 번갈아 보면서 설명을 이었다.

"그자는 취운개와 헤어진 후에 어딘가에서 낙성검가의 복장으로 갈아입고는 낙성검가로 들어갔습니다. 그리고 정문을 지키던 무사들이 그자에게 몹시 공손히 예를 갖추는 것으로 봐서는 낙성검가 내에서도 높은 지위의 인물이 틀림없는 것 같습니다."

그렇다면 취운개와 만난 자는 낙성검가 사람이 분명했다. 그러나 여전히 의문이 남는다.

그런 소문이 퍼지면 가장 피해를 입는 것이 낙성검가일 텐데 어째서 낙성검가 사람이, 그것도 고위 급으로 보이는 자가 그런 헛소문을 퍼뜨리라고 개방 낙양 분타주에게 부탁을 했겠느냐는 것이다.

개방의 낙양분타가 헛소문을 퍼뜨리고 있는 시점에서 낙성검가의 고위인물이 취운개를 만났다고 하면, 그와 관련된 일 아니고는 생각할 수가 없다.

설무검의 생각은 거기에서 멈추어 더 이상 진전이 이루어지지 않았다.

"어머니, 그자의 용모를 전신(傳神:초상화)으로 그릴 수 있겠습니까?"

설무검이 '어머니' 라 부르면서 공손히 부탁하자 한효령은 얼굴을 붉히며 당황했다.

그렇지만 속으로는 그다지 싫지 않은 기분이었다. 설무검이 삼십사 세의 나이이기는 하지만, 한효령도 올해로 오십이세다. 여자 나이 십팔 세에 사내아이를 낳은 것은 이르다고도 할 수 없으니, 그녀에게 설무검 같은 아들이 있다고 해도 이상한 일은 아닌 것이다.

그녀는 황송하면서도 마음 한편으로는 든든한 두 아들을 얻은 것 같아서 너무도 흐뭇했다.

"화공(畵工)을 불러와서 즉시 그려 드리겠습니다."

"부탁하겠습니다."

설무검은 취운개를 만난 낙성검가 인물의 전신을 그려서 흑룡보 여룡단원들에게 보여주어 숙지시킨 후 그 인물에 대해서 조사를 시킬 생각이었다.

"너는 저쪽에서 잠시 기다리고 있어라. 이따가 본루로 보내주도록 하마."

그때 한효령이 우물쭈물 서 있는 정미에게 한쪽 구석을 턱으로 가리키며 명령했다.

그 말에 정미는 충격을 받은 듯 안색이 해쓱해져서 구석으로 비틀거리며 걸어갔다.

그녀는 검풍살수다. 그러므로 검풍루로 돌아가는 것이 너무도 당연한 일이다.

그래서 그곳에서 대기하다가 살명을 받으면 또다시 출동하여 암살을 하는 것. 그것이 그녀의 임무인 것이다.

설영과 함께 있는 동안, 그리고 그와 함께 이곳으로 와서 생활하면서 마치 다시는 살행을 하지 않을 것처럼 그 사실을 까마득히 망각하고 있었다. 어째서 그런 중요한 일을 잊고 있었는지 모를 일이었다.

'그래… 나는 검풍살수였어…….'

정미가 구석을 등지고 우두커니 서서 회한을 씹어 삼키고 있는 동안 설무검과 은자랑, 한효령은 그녀에게 눈길조차 주지 않은 채 대화를 나누고 있었다.

창으로 쏟아져 들어오던 햇살이 사라지고, 하녀가 들어와서 실내의 유등에 불을 붙일 때까지 한 시진 반 동안 정미는 그렇게 묵묵히 서 있었다.

"형님! 언제 오셨어요?"

"대가!"

그때 한쪽 방문이 열리면서 설영과 은리가 나오다가 설무검을 발견하고는 반가운 얼굴로 뛰듯이 다가왔다.

정미는 설영을 발견하고 기쁜 표정을 지었으나 반가운 생각보다는 곧 헤어져야 한다는 안타까운 마음이 앞서 고개를 푹 숙이고 말았다.

설영의 친형은 중천무림 전대 천주이고, 검풍루주를 어머니라고 부르며, 봉황단주를 친누이처럼 대하는 엄청난 인물이거늘, 설마 자신의 친동생을 살수로 되돌려 보내겠는가라는 것이 정미의 생각이었다.

설무검에게 걸어가던 설영은 설무검 너머 저만치 구석에 서 있는 정미를 발견하고 깜짝 놀라 낮게 외쳤다.

"미아!"

정미는 얼굴에 쓸쓸한 표정을 가득 떠올린 채 천천히 고개를 들어 설영을 바라보았다.

그녀는 반가운 표정을 지으면서 자신에게 걸어오는 설영을 보는 순간 갑자기 왈칵 눈물이 쏟아졌다.

정미 앞에 멈춰 선 설영은 어깨를 들썩이며 소리없이 흐느끼는 정미를 보고 크게 놀랐다.

"미아! 왜 그래? 응?"

"아… 아냐……. 아무것도 아냐……."

설영이 역성을 들듯 묻자 정미는 더욱 서러움이 사무치는 듯 그의 품에 안기며 급기야 울음을 터뜨리고 말았다.

"으앙~! 영아~!"

설영은 오빠처럼 정미를 품에 안고 부드럽게 등을 토닥이며 위로했다.

"이제 괜찮아. 울지 마."

그래도 정미는 목을 놓아 꺼이꺼이 울어댔다.

은리는 설영 옆에 오도카니 서서 놀란 얼굴로 눈을 동그랗게 뜨고 있었다.

문득 설영은 정미가 구석에 마치 벌을 서듯 서 있었던 것과 자신을 보고 통곡을 하는 것을 보고 이상한 생각이 들어 설무검과 한효령, 은자랑을 쳐다보았다.

"누가 미아를 울린 거예요?"

설영의 약간은 쨍한 목소리에 한효령과 은자랑은 찔끔해서 얼른 그의 시선을 피했다.

설영은 정미를 품에 안은 채 부축하듯이 세 사람에게 걸어갔고, 은리가 뒤따랐다.

"어머니, 누님, 미아는 내 친구예요. 그것도 보통 친구가 아니라고요."

은자랑과 한효령은 마치 죄라도 지은 듯 설영을 똑바로 쳐다보지 못했다.

설영은 고삐를 늦추지 않았다.

"두 분. 앞으로는 저를 대하듯 정미를 대해주세요."

두 여자가 대답이 없자 설영은 눈썹을 치켜뜨며 약간 언성을 높여서 다그쳤다.

"왜 대답을 하지 않으시는 거죠? 그럴 수 없다는 건가요?"

"아, 아니다. 그러도록 하마."

화들짝 놀라서 급히 대답하는 검풍루주 한효령.

"아유~! 영아! 우리가 어디 알고 그랬겠니? 이제부터는 저 아이를 극진히 대접할 테니 그만 화 풀어라, 응?"

설영의 손을 잡고 눈웃음을 치면서 온갖 아부를 다 떠는 봉황단주 은자랑.

설영의 품속에 거의 안기다시피 한 정미는 소스라치게 놀라고 말았다.

설영이 검풍루주와 봉황단주를 마구 꾸짖는 데도 그녀들이 설설 기면서 어쩔 줄을 몰라 하는 것을 눈앞에서 똑똑히 보고 있으니 놀라지 않을 재간이 없었다.

설영은 정미의 등을 토닥이면서 부드럽게 위로했다.

"됐지? 이젠 괜찮아."

"응."

정미는 배시시 미소를 짓다가 금세 풀이 죽어 우울한 표정을 지었다.

"하지만……."

"왜?"

"나는 곧 검풍루로 돌아가야 해."

정미는 너무도 슬픈 표정으로 두 눈에 눈물을 가득 담은 채 설영을 바라보았다.

천성이 강인하기만 한 그녀는 자신이 생전처음 지금 같은 심정을 느끼고, 또 이런 표정을 짓고 있다는 사실을 깨닫곤 깜짝 놀랐다.

"검풍루로?"

정미의 말에 설영도 퍼뜩 떠오르는 것이 있었다. 자신도 검풍살수이기 때문이었다. 그는 은자랑을 바라보면서 머슬머슬한 표정을 지었다.

"랑 누님, 나… 검풍루로 돌아가야 하나요?"

그 말에 은자랑은 웃음이 날 뻔했지만 짐짓 매초롬하게 한효령을 바라보았다.

"루주, 영아를 어떻게 하면 좋겠어요?"

은자랑은 설영이 금호방주를 암살한 이후 사지에 빠진 채 무수히 죽을 고비를 넘기고 있는 것을 알고는 그가 돌아오면 다시는 살행을 보내지 말아야겠다고, 즉 검풍살수에서 빼내야겠다고 다짐을 했었다.

그런데 나중에 알고 보니 설영은 설무검의 친동생이었다. 그러니 은자랑의 결심이 더욱 굳어질 수밖에 없었다.

그러나 아직 세상 경륜이 부족한 설영은 원칙대로만 생각할 뿐이었다. 은자랑이나 한효령의 내심은 조금도 헤아리지를 못하고 있었다.

 자신의 신분은 검풍살수이니 검풍루로 돌아가야 할지도 모른다고만 생각하고 있는 것이다.

 "글쎄요……."

 한효령은 은자랑의 속셈을 깨닫고 자신 역시 짐짓 진중하고도 심각한 표정을 지었다.

 "검풍루에는 초대 루주가 만들어놓은 엄중한 규칙이 있어서 루주인 저로서도 어쩔 도리가 없군요."

 설영의 표정이 초조하게 변했다. 설마 했는데 그것이 현실로 드러나고 있었기 때문이다.

 "어머니, 규칙이 뭐지요?"

 아들을 골린다는 사실이 조금 찔리기는 했지만, 이미 설영이 살수 노릇을 더 이상 하지 않아도 된다는 해답을 알고 있는 상태이기 때문에 조금만 더 이 재미있는 유희를 밀고 나가보자고 생각하는 한효령이다.

 "음! 일단 검풍살수가 되면 오 년이 지나거나 오십 회의 살행을 나가야 한다. 둘 중 하나를 이루면 언제라도 검풍루를 떠날 수 있단다."

 설영과 정미는 똑같이 적잖이 충격을 받고는 서로 얼굴을 마주 바라보다가 시무룩해졌다.

 자신들은 이제 겨우 한 차례 살행에다가 검풍살수가 된 지

반년 남짓 됐으니, 두 가지 조건을 충족시키려면 까마득하다는 생각이 든 것이다.

은자랑과 한효령은 서로의 얼굴을 쳐다보면서 흐릿한 미소를 짓고 있었다.

조금 전에 설영이 자신들을 몰아붙이면서 퍼부어댄 것에 대한 작은 복수라고 생각하니 고소한 마음에 웃음이 터져 나올 것만 같았다.

그러나 그때 은자랑의 얼굴에 적잖이 당혹감이 떠올랐다. 그녀는 금방이라도 울음을 터뜨릴 것만 같은 은리의 얼굴을 발견한 것이다.

'리아를 잊고 있었구나……!'

은자랑은 은리의 울음이 터지기 전에 어떻게든 이 일을 수습해야만 했다. 다급해진 그녀는 설영 앞으로 다가가며 두 손을 마구 저었다.

"모두 장난이란다, 영아. 그게 아냐."

"네?"

은자랑은 땀을 흘리면서 어색하게 웃었다.

"호홋……! 너를 골려주려고 누나하고 어머니가 장난을 한 거야. 어떻게 널 검풍살수로 되돌아가게 할 수가 있겠니? 만약 그런다면 우리 모두는 가슴을 조이면서 하루하루를 보내느라 아마도 제 명에 죽지 못할 게다."

그러자 설영과 은리의 얼굴에 햇살 같은 미소가 환하게 피어올랐다. 은리는 자신도 모르게 설영의 손을 잡고 눈물을 글썽거렸다.

그렇지만 설영은 정미의 착잡한 얼굴을 발견하고는 곧 다시 시무룩해졌다.

그는 은자랑과 한효령을 향해 깊숙이 허리를 굽히며 공손히 부탁을 했다.

"랑 누님, 어머니. 정미도 검풍살수를 그만두게 해주십시오. 부탁합니다."

정미는 깜짝 놀라서 설영을 바라보았다. 그는 굽힌 허리를 펴지 않은 채 꼼짝도 하지 않고 있었다.

설영을 바라보는 정미의 가슴이 따뜻해지면서 뜨거운 감정이 울컥 솟구쳐 올랐다.

그러면서 그녀는 한 가지 사실을 깨달았다. 어쩌면 자신이 검풍살수로 돌아가게 되어 설영과 함께 있지 않더라도 이제는 견딜 수 있을 것 같았다.

정미 자신과 설영은 태생이나 성품 따위 등 모든 것이 근본적으로 다르다.

그러므로 자신이 설영과 다른 삶을 살아야 하는 것은 너무도 당연한 일이다.

그래도 그녀는 오늘 이후 한 자루 칼날 위에서 생사의 춤을

추어야 하는 검풍살수의 삶을 살아야만 하더라도 그것이 그 다지 힘들 것 같시 않다는 생각이 들었다.

천하 어느 하늘 아래에 자신을 그토록 생각해 주는 설영이 라는 친구가 있다는 생각을 하면 어떤 험난한 고난이라도 견뎌낼 수 있을 것만 같았다.

"영아, 난 괜찮아. 나 때문에 더 이상 애쓰지 마."

정미는 아직도 허리를 굽히고 있는 설영을 일으키려고 하면서 진심으로 말했다.

그래도 설영은 허리를 펴려고 하지 않았다. 그는 자신과 질긴 끈으로 연결된 정미가 다시 검풍루로 돌아가는 것을 원하지 않았다.

그 험난한 생사의 고비를 함께 넘었는데 정미 혼자 다시 검풍살수로 복귀하는 것은 불공평하다는 생각이 들었다. 할 수만 있다면, 어떻게든 그녀를 자신의 곁에 두고 싶었다. 여자가 아닌 벗으로서.

한효령은 두 사람을 바라보며 훈훈한 미소를 머금고 있다가 이윽고 입을 열었다.

"너희 두 사람이 금호방주 암살 이후 이루 헤아리기 어려울 정도로 많은 생사의 고비를 함께 넘었다는 것을 잘 알고 있다. 나는 비록 적지 않은 나이를 먹었지만, 너희를 보고 있는 동안에 한 가지 인생의 참 의미를 깨달았단다. 그것은 사람의 우정이나 애정 같은 것은 환경에 구애를 받지 않는다는 사실이다. 너희는 남자와 여자이고, 성이 다르며, 신분과 성품도 크게 다르지만, 그 모든 것을 초월하여 참으로 놀라운 우정을 만들었구나."

원래 말이 없는 한효령의 고즈넉한 긴 말에 사람들은 적잖이 놀라서 그녀를 쳐다보다가, 그녀의 말이 구구절절 마음에 와 닿자 자신도 모르게 고개를 끄덕였다.

설영과 정미가 놀란 얼굴을 들어 한효령을 바라보자, 그녀는 빙그레 미소를 지으며 고개를 끄덕였다.

"영아, 나는 너희의 진실한 우정을 깨뜨릴 만큼 모진 사람이 아니란다."

"어머니……."

설영은 환한 표정으로 한효령을 바라보았다. 그리고 그는 한효령에게서 진짜 모정(母情)을 발견했다. 그것은 친어머니에게서도 느껴본 적이 없던 것이었다.

"루… 주, 감사합니다……! 이 은혜를 어찌 갚아야 할지……."

정미는 눈물을 뚝뚝 흘리며 그 자리에 무릎을 꿇고 한효령에게 큰절을 올렸다.

설영이 정미를 일깨워 주었다.

"미아, 친구의 어머니를 어느 누가 루주라고 부르더냐? 너도 어머니라고 불러라."

정미가 놀라서 고개를 들자 한효령은 빙그레 미소를 지으며 고개를 끄덕였다.

"이참에 나도 딸 하나 얻어볼까?"

"어… 어머니……."

정미가 더욱 눈물을 흘리면서 무릎을 꿇은 채 이마를 바닥에 대자 한효령은 부드럽게 그녀를 일으켜 세웠다.

"일어나라. 앞으로는 내게 이런 식으로 절하지 않아도 된다."

그때 은리가 눈물을 글썽인 채 한효령 앞으로 다가와 조심스럽게 물었다.

"그… 럼 저는 뭔가요?"

"응?"

은리는 정미를 가리키면서 톡 건드리기만 해도 눈물을 쏟을 것 같은 표정을 지었다.

"이분이 딸이면 저는 뭐죠?"

"어이구! 그게 무슨 말이냐, 리아? 너는 누구보다 소중한 내 딸이지!"

한효령은 까딱하다가는 일나겠다 싶어서 얼른 은리를 가슴에 깊이 끌어안고 볼을 비벼댔다.

한효령은 두 팔을 크게 벌려 설영과 은리, 정미를 한꺼번에 안으면서 환하게 웃었다.

"하하하! 너희들 전부 내 자식들이다!"

문득 그녀는 웃음을 뚝 그쳤다. 자신의 앞에 설무검과 은자랑이 나란히 서 있는 것을 발견했기 때문이었다.

순간 그녀는 뒤로 주춤주춤 물러나면서 당황한 표정으로 두 손을 저었다.

"아… 안 됩니다. 두 분은……."

설무검과 은자랑은 서로의 얼굴을 바라보면서 피식 실소를 짓고 말았다.

한효령이 무슨 생각을 했는지 짐작할 수 있었기 때문이다. 그러나 두 사람은 그저 그 광경이 보기 좋아서 미소를 짓고 서 있었을 뿐이다.

第八十九章

그 칼에 내 칼을 보태어

 설무검은 설영, 현조운과 함께 동방객잔을 출발했다.
 세 사람 모두 흑룡보 고수의 복장을 하고 있었다.
 설무검은 낙양성 남문을 향해 빠른 걸음으로 가다가 대로변에 우두커니 서 있는 등발을 발견하고 다가갔다.
 "단주, 연락을 받고 기다리고 있었습니다."
 설무검은 한효령에게서 받은 전신을 등발에게 전해주기 위해 그에게 거리로 나와 기다리라는 전갈을 보냈었다.
 "이것을 단원들에게 보이고 숙지시킨 후 누군지 알아보도록 해라."

설무검은 품에서 전신을 꺼내 등발에게 건네주었다.

등발이 접혀 있는 전신을 두 손으로 받아 쥐고는 공손히 허리를 굽히고 있을 때 설무검 일행은 이미 사오 장 밖을 쏘아 가고 있었다.

그때 갑자기 뒤쪽에서 등발의 다급한 외침이 들려왔다.

"단주! 이자가 누군지 압니다!"

설무검 등은 즉시 등발에게 되돌아갔다.

등발은 전신의 얼굴 그림을 펼쳐 보이면서 적잖이 흥분하여 말을 이었다.

"이자는 낙성검가의 총관인 풍우검 함붕입니다."

설무검의 안색이 가볍게 변했다.

"다시 잘 봐라. 틀림없느냐?"

등발은 눈을 부릅뜨고 한동안 전신을 뚫어지게 주시하다가 다시 힘있는 어조로 확신했다.

"틀림없습니다. 낙양성 내에서 이렇게 특이하게 생긴 자는 풍우검 함붕 한 명뿐입니다."

전신의 얼굴은 마치 노새 얼굴을 납작하게 눌러놓은 듯해서, 과연 그런 얼굴은 흔하지 않을 것 같았다. 그러므로 등발이 잘못 보지는 않았을 듯했다.

"이자를 감시할까요?"

등발이 조심스럽게 물었다.

설무검은 고개를 가로저었다.

"아니, 됐다. 너는 그만 돌아가서 단원들하고 술이라도 한 잔해라."

등발은 입을 벌쭉하게 벌리며 온 얼굴로 웃었다.

"헤헤! 그렇게 말씀하시지 않아도 본 보는 지금 한창 잔칫집 분위기입니다요."

설무검이 묻지도 않았는데 등발이 손짓 발짓 섞어가면서 언거번거하게 수다를 늘어놓았다.

"아까 낮에 진천방 비호전주와 대승방주가 수하들을 잔뜩 이끌고 서슬이 퍼래서 들이닥쳐서는 어젯밤 진천방과 대승방 고수들이 낙수 강가에서 죽은 사건에 대해서 캐물으려다가, 오히려 보주에게 한바탕 호통을 듣고는 덴겁하고 돌아갔습죠. 허둥지둥 쫓겨가는 비호전주와 대승방주를 보면서 보주와 총당주 이하 우리 모두 목이 쉬도록 웃어주느라 진이 다 빠져 버렸지 뭐겠습니까? 보주께서는 칠 년 만에 처음 실컷 웃어보았다면서, 모두 웃느라 고생했다고 한턱 푸짐하게 내신 겁니다요."

설무검은 어떻게 된 일인지 짐작하고 빙그레 미소를 지으며 등발의 어깨를 가볍게 두드렸다.

"가서 보주에게 전해라."

"하명하십시오."

"오늘 있었던 일은 시작에 불과하다고 말이다."

등발의 얼굴이 환하게 밝아졌다. 그는 꾸벅 코가 땅에 닿도록 절을 했다.

"보주께 그렇게 전하겠습니다!"

그가 허리를 폈을 때 설무검 일행의 모습은 어디에서도 보이지 않았다.

낙양성 남문 밖은 짙은 어둠이 깔려 있었고, 관도 상에는 오가는 행인들조차 보이지 않았다. 원래 성 밖은 어두워지기만 하면 인적이 끊겼다.

성문에서 이십여 장쯤 떨어지고, 관도에서 삼 장쯤 벗어난 관도와 숲이 경계를 이룬 곳에 두 사람이 서 있었다. 그들은 일행인 것 같았는데 웬일인지 서로 뚝 떨어진 채 외면하고 있었다.

두 사람은 벽파도문의 문주인 추풍도 화운비와 금호방주의 차남이며 수석당주인 산예도 형신이었다.

아까 날이 어두워지기도 전에 산예도 형신이 먼저 이곳에 도착했고, 이 각 후 어스름 땅거미가 질 무렵에 추풍도 화운비가 도착했었다.

두 사람 다 설무검이 부른 것이었다.

그러나 형신은 느닷없이 화운비가 나타나자 잔뜩 경계하

면서 당장이라도 싸움을 걸 듯 노골적으로 불쾌해했다.

그러자 화운비는 가타부타 설명 없이 딱 한 마디만 했다.

"천주께서 이곳에서 기다리라고 하셨네."

그 말에 형신은 감히 발작하지 못했다. 원래 중천오충 사람들이 중천칠지파 사람들을 배신자라고 하면서 사갈시(蛇蝎視)하고 있지만, 천주 설무검의 부름을 받고 온 사람에게 싸움을 걸 수는 없는 노릇이었다.

화운비는 새파랗게 젊은 형신을 붙잡고 자초지종 전말을 구구히 설명할 만한 성격이 아니었다.

그러기보다는 잠자코 있다가 설무검이 오게 되면 자연히 알게 되기를 원했다.

그래서 두 사람은 긴 반 시진 동안 관도에서 잘 보이지 않는 숲 어귀에 일정한 거리를 두고 선 채 그때 이후 한마디도 나누지 않고 있는 중이었다.

그때 두 사람은 똑같이 성문을 나서는 세 사람을 발견하고 얼굴이 밝아졌다.

성문을 나온 세 사람. 즉 설무검과 설영, 현조운은 나는 듯이 관도를 달려왔다.

형신과 화운비는 즉시 관도 가장자리로 빠르게 다가가서 그들을 맞이했다.

설무검 일행이 자신들 앞에 멈추자 두 사람은 약속이나 한

듯이 아무 말도 하지 않고 깊숙이 허리를 굽혔다.

만약 주위에 누구라도 있다가 '천주'라는 호칭을 듣게 될까 봐 조심을 기하는 것이었다.

"따라오게."

설무검이 한마디 툭 던지고는 관도 변의 숲 속으로 들어가자 설영과 현조운이 바짝 뒤따르고, 그 뒤를 화운비와 형신이 조용히 따라왔다.

형신은 뒤따르면서 설영의 뒷모습을 조심스럽게 살펴보았다.

방금 전에 잠깐 봤지만 어디선가 본 듯 낯이 익은 얼굴이었기 때문이다.

그러나 고개를 갸웃거리면서 생각을 거듭해 봐도 어디에서 봤는지 기억이 나지 않았다.

화운비로서는 설영이나 현조운 둘 다 처음 보는 얼굴이라 별달리 신경을 쓰지 않았다.

이윽고 설무검은 관도에서 그리 멀지 않은 숲 속의 아담한 공지에 멈추었다.

설무검 옆에 설영이, 그리고 뒤에 현조운이 섰으며, 앞에는 화운비와 형신이 나란히 섰다.

설무검은 형신을 보며 부드러운 미소를 지었다.

"오랜만이구나."

설무검이 직접 인사의 말을 하자 형신은 감읍한 표정을 지으면서 다시 허리를 굽혔다.

"그간 강녕하셨습니까, 천주."

설무검은 미소 지으며 고개를 끄덕이고는 화운비를 가리키며 설명했다.

"추풍은 내 사람이다. 그리 알라."

그 한마디면 충분했다. 중천칠지파라고 그동안 그토록 사갈시한 인물이었지만, 설무검이 인정하는 사람이라면 두말할 필요가 없었다.

형신은 즉시 경계를 풀고 화운비에게 먼저 포권을 하면서 허리를 굽혔다.

"화 숙."

예전에 중천십이지파가 서로 왕래하던 시절에는 너나 할 것 없이 모두 가족처럼 지냈었다.

형신은 그 당시에 화운비를 불렀던 '숙(叔)'이라는 호칭을 칠 년여 만에 다시 사용했다.

화운비는 고개를 끄덕이며 보일 듯 말듯 희미한 미소를 지어 보였다.

그의 그런 모습은 아까 형신과 머슬머슬한 관계였던 때와 별로 달라진 것이 없었다.

"영아, 인사해라."

그때 설무검이 설영을 보며 가볍게 고개를 끄덕였다.

설영이 앞으로 한 걸음 나섰다.

형신은 아까와는 달리 아주 가까이에서 설영의 얼굴을 볼 수 있었다.

'아!'

그리고 그는 마침내 설영이 누군지 알아보고 크게 놀라면서 속으로 탄성을 터뜨렸다.

그때 설영이 형신과 화운비를 향해 포권을 하면서 정중히 고개를 숙였다.

"불초 설영이 두 분께 인사드립니다."

형신과 화운비는 설영이 누군지는 모르지만 이름은 익히 들어서 알고 있다.

전대 천주 설무검의 일점혈육 친아우인 설영이라는 이름을 어찌 모르겠는가.

"이런… 소가주셨군요……!"

화운비는 적잖이 놀라 탄성을 터뜨린 후 즉시 그 자리에 무릎을 꿇고 예를 취했다.

"속하, 화운비가 소가주를 뵈옵니다."

그러나 그 옆에 서 있는 형신은 어정쩡한 자세에 복잡한 표정을 지은 채 설영을 쳐다보고 있을 뿐 예를 취할 생각도 하지 않았다.

"어서 일어나십시오."

설영은 화운비를 부축해서 일으킨 후에 몸을 돌려서 형신과 마주 섰다.

설영을 두 걸음 앞에 둔 형신의 얼굴이 더욱 복잡하게 일그러졌다.

그는 방금 전에 설영을 지척에서 보는 순간 비로소 그가 누군지 알아보았다.

사실 그는 설영을 직접 본 적은 없었다. 부친 금호방주를 암살한 두 명의 살수를 추격하는 과정에서 형신의 형인 형오와 많은 수하들이 살수에게 죽임을 당했다.

그때 살아남은 수하들이 형신에게 살수들의 용모를 자세히 설명해 주었었다.

또한 설영은 낙양성 내에서 몇 차례에 걸쳐서 많은 사람들 앞에서 싸움을 한 적이 있었고, 그를 본 사람들은 웬만해서는 그의 얼굴을 잊지 못할 것이다.

절세미인보다 더 아름다운 남자인 그의 용모는 여간해서는 잊혀지지 않을 것이기 때문이다.

형신은 부친과 형의 복수를 하기 위해서 두 살수의 전신을 수백 장 그리게 했고, 그 과정에서 설영의 얼굴이 눈에 익었던 것이다.

"나는 당신의 부친과 형을 죽인 살수였소."

설영은 물끄러미 형신을 주시하다가 이윽고 약간 잠긴 목소리로 하기 어려운 말을 꺼냈다.

그의 말에 놀라는 사람은 화운비 혼자뿐이었다. 그는 눈을 부릅뜨고 설영을 쳐다보다가 잠시 후 원래의 표정으로 되돌아가 묵묵히 지켜보았다.

슥!

"날 마음대로 해도 좋소."

설영은 형신 앞에 무릎을 꿇고 고개를 숙였다.

형신은 설영을 굽어보면서 몸이 부들부들 떨렸다. 두 눈을 있는 힘껏 부릅떴으며, 어금니가 부서지도록 악물었고, 두 주먹을 쥐었다 폈다 반복하면서 어쩔 줄을 모르고 있었다.

설무검은 이번 일에 형신이 그다지 필요하지 않았는데도 일부러 그를 불렀다.

한 가지 일을 해결하기 위해서였다. 바로 설영이 살수로서 금호방주 형곤과 장남 형오를 죽인 일 때문이었다.

보통 사람들이었다면 이런 일은 어떻게든 덮으려고 쉬쉬하겠지만, 설무검은 그러지 않았다.

그는 지란루에서 설영에게 형신을 만나 사죄하는 것이 어떻겠느냐고 넌지시 물었었다.

만약 설영이 싫다고 한다면 그 일에 대해서는 두 번 다시 논하지 않을 생각이었다.

물론 설영을 나무라거나 마음속에 앙금 같은 것을 품고 있지도 않을 것이다.

 그러나 설영은 길게 생각할 것도 없이 그 자리에서 승낙을 하고 따라나선 것이었다.

 그것이 전부다. 두 사람은 그 일에 대해서 어떻게 대처할 것인지에 대해서 서로에게 묻지도 않았을뿐더러, 깊이 생각하지도 않았다.

 그렇게 설왕설래할 것 같았으면 처음부터 그런 얘기를 꺼내지도 않았을 터이다.

 그때 설무검이 천천히 관도 쪽으로 걸어가면서 나직이 중얼거렸다.

 "산예. 네가 내 아우를 어떻게 하더라도 너와 나의 관계는 변하지 않을 것이다."

 형신은 가늘게 몸을 떨면서 설무검을 쳐다보지 않았다. 하지만 그의 말을 믿는다.

 만약 형신이 설영을 죽인다면, 설무검은 그것 때문에 형신에게 보복을 하거나 불이익을 줄 사람이 아니다. 그런 사람이었다면 아예 이런 자리를 마련하지도 않았을 것이다.

 문득, 형신은 설무검이 왜 이런 자리를 마련했는지에 대해서 잠시 생각해 보았다.

 현조운과 화운비는 설무검을 따라 숲을 나갔다.

화운비는 끝에서 따라가면서 무릎을 꿇고 있는 설영을 뒤돌아보다가 적잖이 감탄했다.

자신의 목숨이 형신의 손에 달려 있는 상황인데도 설영의 표정은 담담하기 그지없었던 것이다.

'과연 그 형의 그 아우로다……!'

화운비는 속으로 찬탄하지 않을 수가 없었다.

설무검은 관도 가장자리에 서서 뒷짐을 진 채 조금 전에 떠오른 반월을 올려다보고 있었고, 그 뒤쪽에 현조운이 시립하듯 그림자처럼 서 있었다.

화운비가 보기에 설무검은 설영에 대해서 조금도 걱정하는 모습이 아니었다.

오히려 화운비 혼자 자꾸 숲 쪽을 기웃거리면서 무슨 일이 있나 초조해하고 있었다.

그렇지만 세 사람이 관도로 나와서 열 호흡도 지나기 전에 설영과 형신이 숲에서 나란히 걸어나왔다.

설무검은 그럴 줄 알았다는 표정이고, 현조운은 담담한 얼굴이었으며, 역시 이번에도 화운비 혼자 설영과 형신의 얼굴을 살피느라 여념이 없었다.

화운비는 그런 자신을 발견하고는 실소를 금치 못했다. 그 자신은 과묵함이나 무신경 쪽으로는 둘째가라면 서러워할 정도인데, 설무검이나 현조운 앞에서는 아예 명패조차 내밀지 못할 정도이기 때문이었다.

설무검에게 다가온 설영은 말없이 빙그레 미소를 지었고, 형신이 설무검에게 공손히 허리를 굽혔다.

"오늘 이후 이 일은 잊겠습니다."

"그래? 잘됐다."

설무검은 단지 그 한마디만 하고 모두를 슥 훑어본 후 입을 열었다.

"지금부터 우린 소림사로 간다."

이어서 다섯 명은 남쪽으로 곧게 뻗은 관도를 질풍처럼 쏘아갔다.

조금 전, 숲 속에서 설영과 형신은 간단만 몇 마디 대화만 나누었을 뿐이었다.

그 내용은 이러했다.

"어떤 사람이 누군가를 죽이면 사람이 원수지 칼이 원수가 될 수는 없습니다. 그 당시의 소가주는 한 자루 칼이었을 뿐입니다."

"나를 용서하는 것이오?"

"저는 칼을 원수로 삼을 만큼 우매하지 않습니다."

"하면, 그 칼로 원수를 베면 어떻겠소?"

"원수가 누군지 아십니까?"

"아오."

"그렇다면……. 부디 그 칼에 속하의 칼도 보태어 그자를 죽여도 되겠습니까?"

"그럽시다."

"감사합니다. 정말 고맙습니다."

"아니, 고마운 것은 나요."

"별말씀을. 소가주 덕분에 원수가 누구인지 알았고, 장차 그를 죽일 수 있게 되었으니 속하가 은혜를 입었지요."

"나는 지금 그대의 심정을 너무도 잘 알고 있소[他人有心予忖度之]. 그래서 더 고맙소."

　　　　　*　　　　*　　　　*

낙양에서 소림사가 있는 숭산(嵩山)까지는 불과 백여 리의 짧은 거리다.

설무검 일행은 낙양을 출발한 지 한 시진도 못 되어 숭산 아래에 당도했다.

숭산을 오르는 길은 크게 세 곳이 있으며, 그중에서도 남쪽에 위치한 등봉현(登封縣)에서 오르는 방법이 가장 빠르고도 수월하다.

그렇지만 설무검 일행은 낙양에서 숭산에 당도하면 제일

먼저 마주치는 서북쪽의 가장 험준한 오름을 택했다.

그곳에는 아예 산을 오르는 오솔길조차 없었다. 울창한 숲을 뚫고 가파른 비탈을 쏘아 오르는 방법뿐이었다.

현조운이 선두를, 그 뒤를 설무검과 설영이, 그다음에, 화운비와 형신이 뒤따르면서 거침없이 산을 쏘아 올랐다.

현조운은 마치 날개가 달린 듯 훌훌 날아올랐으며, 속도는 쏘아낸 화살만큼이나 빨랐다.

그는 설무검을 따라서 낙양에 도착했을 당시에 백십 년을 조금 상회하는 공력 수준이었으나, 그동안 설무검에게 무극파천황을 전수받아 심혈을 기울여 노력한 결과 현재는 이십 년 정도가 더 증진되어 이 갑자 십 년 백삼십 년의 공력을 보유하게 되었다.

말이 백삼십 년 공력이지 그 정도면 절정고수에는 미치지 못하지만 초일류고수라고 할 수 있었다.

중천오충과 중천칠지파의 수장(首長)들보다는 한 수 정도 위고, 중천사세의 지존들에 비한다고 해도 불과 반 수 정도 아래 수준인 것이다.

백삼십 년 공력으로 설무검이 전수해 준 경세적인 경공인 신풍연을 전개하고 있으니, 그 속도의 빠르기는 물론이거니와 추호의 흔적도 남기지 않았으며, 옷자락 펄럭이는 소리나 쏘아 나가면서 당연히 흘러나와야 하는 미세한 파공음조차도 없었다.

설무검의 경공이야 두말할 나위가 없었다. 바로 뒤에서 따르고 있는 설영과 그 뒤의 화운비, 형신은 설무검을 보면서 그가 한 조각의 구름이 계곡에서 산등성이로 떠오르듯이 그저 훌훌 날아오른다는 느낌밖에 들지 않았다.

반박귀진의 경지에 도달한 설무검이 신풍연을 전개하고 있으니 당연한 일이었다.

설영은 원래 금호방주를 암살하라는 첫 번째 실행의 임무를 부여받고 검풍루를 출발할 당시에 이 갑자를 약간 웃도는 공력을 지니고 있었다.

이후 사 개월 동안 숱한 생사의 고비를 넘는 과정에서 오직 살아남기 위해서 기를 쓰고 운공조식을 전력한 결과 현재는 이 갑자 십 년, 즉 백삼십 년의 공력으로 현조운과 같은 공력 수위가 되었다.

설영 역시 설무검에게 신풍연을 전수받았기에 이 기회에 연마도 할 겸 지닌바 기량을 마음껏 발휘하고 있었다.

아무래도 가장 뒤처지는 사람은 화운비와 형신이었다.

화운비는 백 년, 형신은 팔십 년 공력이다. 산을 오르기 시작한지 불과 일각쯤 지났을 무렵, 형신이 화운비의 오 장 뒤로 처졌다.

화운비는 형신을 힐끗 돌아보고 나서 다시 선두 현조운을 쳐다보다가 적이 놀랐다. 현조운의 속도가 조금 전보다 조금 더 빨라졌기 때문이다.

화운비는 그제야 현조운이 여태까지 후미의 속도에 맞추느라 전력으로 달리지 않았다는 사실을 깨달았다.

현조운은 전력의 육, 칠 할 정도로 달리던 중에 자신도 모르게 점점 속력을 높였던 것이다.

형신은 자신이 일행에게 짐이 된다는 사실이 너무도 부끄러워 이를 악물고 혼신에 힘을 다했지만 오히려 갈수록 뒤로 더 처져만 갔다.

"천주."

결국 보다 못한 화운비가 전음으로 설무검을 불렀다.

설무검은 뒤돌아보고 나서 즉시 현조운에게 속도를 조금 늦추라는 전음을 보냈다.

'이런!'

가볍게 놀란 현조운이 자신의 실수를 깨닫고 즉시 속도를 삼분의 일쯤 줄이자 그제야 형신이 화운비 뒤쪽에 바짝 따라붙을 수 있었다.

형신은 부끄러움과 미안함으로 얼굴이 붉어졌다. 평소 자신의 높은 무공에 대해서 대단한 자부심을 품고 있던 그는 지금처럼 타인에게 짐이 되어본 경험이 전무했었다.

그는 자신이 그동안 우물 안 개구리 같은 존재였다는 사실을 깨닫는 한편 더욱 무공증진에 매진해야겠다고 속으로 다짐을 거듭했다.

그렇지만 사실은 화운비도 뒤따르고 있는 것이 몹시 힘든 상태였다. 만약 현조운이 조금만 더 그 속도를 유지했다면 화운비도 뒤처졌을 것이다.

두 사람은 한층 늦춰진 속도로 산을 쏘아 오르면서 앞선 설영을 보며 감탄을 금치 못했다.

이제 겨우 십팔구 세로밖에 보이지 않는 설영의 무공이 자신들보다 훨씬 고강하다는 사실을 인정할 수밖에 없었기 때문이다.

그때 선두의 현조운이 갑자기 신형을 멈추면서 자세를 최대한 낮추었다.

뒤따르는 사람들은 현조운이 가리키고 있는 방향을 보다가 즉시 주위의 엄폐물 뒤에 몸을 숨겼다.

현조운이 가리키고 있는 방향 십오 장쯤 떨어진 곳에는 세 명의 고수들이 각각 다른 방향을 향해 서 있었다.

그것은 누가 보더라도 그들이 주위를 경계하고 있다는 사실을 알 수 있었다.

설무검 일행은 그들 세 명의 형형한 눈빛을 보고 일류고수라고 직감했다.

그들은 거의 눈도 깜빡이지 않은 채 자신이 맡은 방향을 날카롭게 주시하고 있었다.

설무검은 그들의 복장을 보고 화산파의 고수들이라는 것을 한눈에 알아보았다. 경험이 풍부한 화운비와 형신도 그들의 신분을 알아보았다.

화운비와 형신은 불문의 성지인 숭산에 어째서 화산파 고수들이 있는 것인지, 더구나 무엇을 경계하고 있는 것인지 의아하게 생각했다.

그렇지만 설무검은 얼마 전에 반호와 오장보에게 소림사를 염탐하고 오라고 지시를 하여 이곳 사정에 대해서 그들로부터 대충 보고를 들었던 터였다.

화운비와 형신은 설무검이 자신들을 이곳으로 데리고 온 이유가 화산파 고수들이 이곳에서 경계를 하고 있는 것과 무관하지 않을 것이라 짐작하고 자못 긴장했다.

설무검 일행은 소림사가 있는 소실봉까지 오르는 동안 처음에 화산파 고수들을 발견한 이후 여섯 차례나 더 숭산의 요소요소를 지키고 있는 고수들을 발견했다.

그런데 그들은 무당파 도사들과 아미파의 여승들, 점창파와 청성파의 고수들로 제각기 달랐다.

일행이 소실봉(少室峰)에 이르렀을 때, 화운비와 형신은 어쩌면 소림사에 구파일방 사람들이 모두 모여 있을지도 모른다는 생각이 들었다.

소림사에서 백여 장쯤 떨어진 숲 속의 한 은밀한 장소에 설무검 일행이 모여 있었다.

"간단하게 설명하겠다. 구파일방이 단합하여 천추혈의맹이라는 조직을 결성했다. 그리고 본거지는 소림사다."

처음 듣는 내용이지만 설영은 마치 알고 있었던 것처럼 무덤덤했고, 화운비와 형신은 표정이 크게 변할 정도로 놀라는 모습을 보였다.

"천추혈의맹의 맹주는 소림방장인 원공 선사, 구파일방의 장문인들, 장로들, 각파에서 선출한 일대제자 삼천여 명으로 이루어졌다."

화운비와 형신은 해연히 놀라면서도 곧이어 착잡한 표정을 지을 수밖에 없었다.

자신들은 소림사와 지척인 낙양과 개봉에 있으면서도 그런 사실을 추호도 모르고 있었기 때문이다.

설무검이 잠시 말을 멈추자 형신이 궁금하게 여기던 것을 조심스럽게 물었다.

"천주, 천추혈의맹의 목적이 무엇입니까?"

설무검은 나뭇가지 사이로 어둠에 잠겨 있는 소림사를 응시하면서 조용히 대답했다.

"모른다. 이제부터 그것을 알아보려는 것이다."

비록 설무검이 모른다고는 말하지만 짐작은 하고 있을 것이라고 화운비는 생각했다.

　형신과는 달리 화운비는 예전에 설무검을 만나고 모실 기회가 자주 있었다.

　그가 알고 있는 설무검은, 겉으로 보기에는 어떤 사실에 대해서 아무것도 모르고 있는 것 같았는데도 나중에 보면 훤히 꿰뚫고 있었으며, 한 가지 일에 대해서 여러 가지 방법과 대비책을 마련해 놓는 산무유책(算無遺策)의 완벽함을 보이곤 했었다.

　설무검은 자신들이 소림사에서 불과 백여 장 거리밖에 떨어지지 않은 곳에 있다는 사실을 전혀 모르는 사람처럼 여유 있는 모습이었다.

　그는 엷은 미소를 지으면서 설영을 바라보았다.

　"영아, 소림사에 잠입하여 소림을 제외한 팔파일방의 장문인이나 장로들 중에 아무나 한 명을 제압해 오너라. 그에게서 알아낼 것이 있다."

　설영은 해맑게 웃으며 고개를 끄덕였다.

　"알았어요, 형님."

　팔파일방의 장문인이나 장로 정도 수준이라면 일류고수 이상의 실력자들이다.

　그런데 그들 중에 한 명을 제압해 오라고 태연하게 명령을 하니, 설영은 형이 자신의 실력을 인정하고 있다는 생각에 기분이 한결 좋아졌다.

 반면에 화운비와 형신은 적잖이 놀라면서도 한편으로는 못미더운 표정을 지었으나, 워낙 설무검이 완전무결한 인물인지라 애써 마음을 억누르며 다잡았다.

 "제압한 후 이곳에서 다시 만나기로 한다. 만약 그것이 여의치 않으면, 우리가 숭산에 진입했던 서북쪽 초입에서 만나자. 그러나 누가 먼저 오더라도 반 시진 이상 기다리지 말고 즉시 낙양으로 먼저 돌아가는 것을 원칙으로 한다."

 "저더러 형님을 두고 혼자 가라는 말씀입니까?"

 설영이 어떻게 그럴 수 있느냐는 듯 짐짓 투정 같은 어깃장을 부리자 설무검이 인자한 미소를 지으면서 그의 머리를 쓰다듬었다.

 "인석아, 아마도 형이 먼저 올 것 같구나."

 "어…? 내기할까요?"

 현조운과 화운비, 형신은 흐뭇한 미소를 지으면서 형제의 보기 좋은 대화를 구경했다.

 특히 화운비와 형신은 설무검의 이런 모습을 처음 보는 터라 신기한 마음을 금할 길이 없었다.

 "그러자꾸나."

 "술내기예요?"

 "오냐."

"지는 사람이 코가 비뚤어지도록 술을 내는 거예요. 랑 누님 가게에서요?"

"그러지."

약속을 결정한 설영은 아름다운 미소를 지으면서 화운비와 형신을 둘러보았다.

"저는 여기 두 분과 함께 행동하는 것이죠?"

총명한 그는 어느새 설무검의 심중을 어느 정도 헤아리고 있었다.

"가시죠, 두 분."

설무검이 고개를 끄덕이자 설영은 즉시 일어섰다.

설영과 화운비, 형신이 경공을 전개하여 소림사를 향해 빠르게 쏘아가는 것을 바라보는 설무검의 입가에 흐뭇한 미소가 떠올랐다.

"괜찮으시겠습니까?"

설무검 뒤에서 지켜보던 현조운이 조금 염려스러운 눈빛으로 설영에게서 시선을 떼지 않은 채 공손히 물었다.

설무검의 미소가 조금 더 짙어졌다.

"조운, 솔직하게 말하면 나는 저 아이 나이 때에 저 아이보다 못했었네."

"아……."

"아마 저 아이가 지금 내 나이쯤 되면 나보다 훨씬 훌륭한 인물이 되어 있지 않겠나?"

"그렇겠군요."

현조운은 고개를 끄덕이다가 움찔 당황해서 얼른 허리를 깊이 굽혔다.

"죄… 송합니다, 주군."

설무검이 설영을 추켜세우는 것을 동조하느라 설무검을 깎아내리게 돼버린 것이었다.

"하하. 괜찮네. 아우가 나보다 뛰어나면 그보다 기쁜 일이 어디에 있겠는가?"

第九十章

소림뇌옥(少林牢獄)

 원래 소림사는 밤만 되면 칠흑처럼 어두워지는 곳인데, 지금은 경내 곳곳에 환한 횃불이 밝혀져 있었다.
 그런다고 해서 횃불 따위가 대낮처럼 밝힐 수는 없는 일이다. 아무리 횃불을 많이 밝혀도 어두운 곳은 있기 마련이다. 옛말에도 등하불명이라고 하지 않았는가.
 설영과 화운비, 형신은 소림사 경내의 어두운 곳만을 골라 빠르게 누비고 다녔다.
 화운비와 형신은 설영이 이끄는 대로 뒤따르면서 감탄을 금치 못하고 있었다.

소림 뇌옥(少林牢獄)

설영이 마치 제 집이라도 되는 것처럼 추호의 막힘이나 망설임도 없이 어두컴컴한 곳만을 골라서 쏘아가고 있었기 때문이다.

검풍루의 혹독한 살수 수련을 최우등으로 수료한 설영에게 소림사 경내 곳곳을 지키고 있는 고수들은 허수아비나 다름이 없었다.

이윽고 설영과 두 사람은 어느 불당 앞 넓은 광장이 한눈에 굽어보이는 석탑 뒤 어두컴컴한 곳에 멈추어 무릎을 굽혀 웅크려 앉았다.

설영은 꽤 많은 사람들이 오가고 있는 광장을 주시하며 두 사람에게 전음을 보냈다.

"나는 이제부터 아미파 장문인 창령 신니(蒼翎神尼)를 데려갈 생각이오."

화운비와 형신은 적잖이 놀라는 얼굴로 설영의 뒷모습을 쳐다보았다.

누굴 데리고 갈 것인지 고민도 하지 않고 바로 창령 신니를 지목하는 것을 보니, 아마도 그는 처음부터 그럴 생각이었던 것 같았다.

"그렇지만 나는 아미파 제자를 한 번도 본 적이 없으니 두 분은 지금부터 저곳을 지켜보다가 아미파 제자를 발견하면 그를 제압해서 내게 데리고 와주시오."

화운비와 형신은 고개를 끄덕이고는 즉시 석탑 뒤에서 나와 광장 쪽으로 비조처럼 쏘아갔다.

설영은 두 사람이 광장이 가까운 곳 은밀한 장소에 각각 나누어 은신하는 것을 지켜보면서 기다렸다.

그는 두 사람에게 아미파 제자가 어떤 복장인지 물어서 자신이 직접 아미파 제자를 제압할 수도 있었지만, 두 사람이 할 일 없이 자신만 따라다니게 되면 의기소침할까 봐 나름대로 배려를 한 것이다.

반 다경쯤 지났을 때 화운비가 먼저 한 명의 아미파 제자를 옆구리에 낀 채 설영 옆에 나타났다.

화운비로서는 아미파 제자를 한 명 제압해서 데리고 오는 것 정도는 그리 어렵지 않았다.

중천칠지파 중 하나인 벽파도문의 문주는 그저 마작이나 골패 따위로 딴 것이 아니었다.

마혈과 아혈이 제압된 아미파 제자는 이십대 초반의 곱상하게 생긴 여승이었다.

그녀는 정신을 잃지는 않은 상태라서 바닥에 똑바로 눕혀진 채 눈을 한껏 크게 뜨고 쉴 새 없이 눈동자를 이리저리 굴리고 있는데 두 눈에는 두려움이 가득했다.

설영이 두 팔을 뻗어 두 손을 여승의 양 겨드랑이에 끼자 그녀의 몸이 파르르 떨렸다. 그녀로서는 난생처음 사내의 손

길을 접하는 것이었다.

설영은 두 손 안쪽에 여승의 젖가슴의 감촉이 뭉클 전해지자 가볍게 놀라 자신의 행동을 약간 후회했으나 이미 벌어진 일이니 어쩔 도리가 없었다.

설영은 여승을 일으켜서 석탑에 기대어 앉게 해주었다.

이어서 부드러운 미소를 지으며 입을 열었다.

"한 가지 물어볼 것이 있어서 결례를 범했소. 대답만 해주면 해치지 않을 것이오. 그러겠소?"

여승은 아름다운 설영을 보면서 너무도 공포에 질린 표정에다가 놀라는 표정 하나를 더 얹어 두 눈을 동그랗게 뜬 채 가만히 있었다.

"아미파 장문인의 처소가 어딘지 알고 싶소. 대답할 것이면 눈을 깜빡이시오."

그러나 여승은 방금 전보다 더욱 눈을 커다랗게 뜨면서 잔뜩 힘을 줄 뿐 깜빡이지는 않았다.

제 딴에는 공포에 질린 와중에서도 '어디 해볼 테면 해봐라. 이따위 협박에는 절대 굴하지 않겠다' 라는 심리가 작용하는 것 같았다.

두려움에 떨고 있는 중에도 과연 명문정파의 제자답게 지사불굴(至死不屈)의 의지가 대단했다.

"단소예라고 알고 있소? 낙성검가의 소가주 말이오."

설영이 다시 묻자 여승의 얼굴에 얼핏 놀라움이 스쳤다. 단소예는 아미파 장문인 창령 신니의 제자이므로 여승이 모를 리가 없었다.

설영은 표정을 더욱 누그러뜨리며 빙그레 미소 지었다.

"나는 소예의 친구요. 창령 신니를 만나서 긴히 의논할 일이 있어서 그러니 부디 알려주시오."

그러나 여승의 얼굴에서는 공포의 기색이 점차 사라지는 대신 뚜렷한 경계심이 떠올랐다.

설영은 씁쓸한 표정을 지었다. 아미파는 정파의 한 기둥답게 제자들을 매우 엄격하게 가르치는 듯했다.

이런 상황에서는 웬만하면 두려워서라도 대답을 할 텐데 이 여승은 요령부득이었다.

이 넓은 소림사 경내에서 창령 신니의 거처를 찾으려면 오랜 시간이 걸릴 터이니 발품을 팔아 돌아다니는 방법은 아예 사용하지 않는 편이 좋을 것이다.

설영은 여승에게 고통을 주어 입을 열게 하는 방법을 열댓 가지 이상 알고 있었다.

하지만 그러자면 젊은 여승의 몸 이곳저곳에 손을 대야만 하니 그것이 좀 께름칙했다.

그때 형신이 한 명의 아미파 제자를 옆구리에 낀 채 바람처럼 석탑 뒤에 내려섰다.

순간 설영은 앉혀져 있는 여승의 눈이 화등잔처럼 커지며 얼굴에 경악지색이 떠오르는 것을 발견했다.

여승의 시선은 형신이 옆구리에 끼고 있는 여승의 얼굴에 고정되어 있었다.

무엇인가를 깨달은 설영은 형신이 데리고 온 여승을 조심스럽게 내려놓으려고 하자 그녀를 먼저 데려온 여승의 정면에 마주 보는 자세로 앉혀놓도록 했다.

형신이 나중에 데리고 온 여승은 사십대 중반쯤으로 보이는 중년 여승이었는데, 얼굴에는 두려움보다는 제압됐다는 분함이 가득 떠올라 있었다.

젊은 여승은 중년 여승을 보면서 놀라다가 차츰 안타까운 표정으로 변하고 있었다.

그러나 중년 여승은 제압된 상태인데도 분노와 수치심 때문에 몸을 부들부들 떨면서 젊은 여승과 시선을 마주치지 않으려고 애썼다.

설영은 좋은 말로 해서는 여승들의 입을 열게 할 수 없을 것이라고 판단했다.

어쩔 수가 없었다. 이렇게 지체하다가는 형과의 내기에서 지는 것은 둘째 치고라도 소림사 내에서 너무 시간을 끌게 되어 일을 그르치게 될 수도 있는 일이다.

그렇다면 강제로 입을 열게 하는 수밖에.

눕혀진 중년 여승의 눈이 까뒤집어진 채 희번덕였고, 입에서는 허연 게거품이 뭉클뭉클 흘러나왔다.

또한 온몸을 풍학에 걸린 것처럼 미친 듯이 떨어댔으며, 온몸에서 뼈마디끼리 부딪치고 근육들이 수축, 팽창을 반복하는 바람에 듣기 거북한 작은 소리가 흘러나왔다.

누군가를 고문할 때 사용하는 분근착골(粉筋鑿骨)이라는 수법인데, 습득하기가 워낙 난해하고 까다로워서 알고 있는 사람이 그리 많지 않다.

또한 알고 있다고 해도 너무 잔인한 고문수법이라서 웬만한 일로는 잘 사용하지 않으려 한다.

화운비와 형신은 눈도 깜빡이지 않은 채 물끄러미 중년 여승을 지켜보고 있었다.

두 사람은 설영이 절색의 아름다운 용모와 남다른 친화력을 가지고 있는 줄만 알았지, 이런 잔인한 일면이 있는 줄은 모르고 있다가 새삼스럽게 놀라워하면서도 겉으로는 일체 내색하지 않았다.

젊은 여승은 소나기처럼 눈물을 흘리며 중년 여승보다 더한 마음의 고통을 받는 듯한 표정을 짓고 있었다.

설영은 처음에 그녀가 중년 여승을 발견하고는 크게 놀라고 또 안타까워하는 것을 보고 두 사람이 밀접한 관계일 것이라고 판단했다.

그래서 중년 여승에게 고통을 주면 젊은 여승이 입을 열 것이라고 여긴 것이다.

과연 그의 판단은 정확했다. 아미파 일대제자인 중년 여승은 삼대제자인 젊은 여승의 사숙이었다.

"말하겠소?"

설영은 젊은 여승의 조급함이 극에 이르도록 조금 더 느긋하게 놔두었다가 이윽고 조용히 묻자 그녀는 미친 듯이 두 눈을 깜빡거렸다.

그는 아미파 장문인의 거처를 알아낸 후 검풍루 살수들의 특수한 점혈수법으로 두 여승의 혼혈을 눌러 잠재웠다.

이제 그녀들은 한숨 푹 자고 나면 잠들기 직전에 있었던 일들을 조금도 기억하지 못할 것이다.

다행히 아미파 장문인 창령 신니의 거처는 소림사 뒤쪽 계지원(戒持院) 근처의 후미진 곳에 위치한 지객당(知客堂)에 딸린 아담한 암자였다.

암자 입구에는 지키는 사람이 없었고, 주위는 쥐 죽은 듯이 고요했다.

설영은 화운비와 형신에게 암자의 전후를 지키되 만약 누가 접근하면 신호를 보내라고 이른 후 특유의 아름다운 미소를 지어 보였다.

"우리가 이겨서 형님의 술을 얻어 마셔야지요."

화운비와 형신은 깜짝 놀라는 표정을 지었다. 그들은 단지 형제지간의 내기라고만 여겼을 뿐이지 자신들까지 포함되리라고는 상상도 못했었다.

설영이 암자 입구로 소리 없이 쏘아가는 것을 지켜보면서 두 사람은 만약 천주의 벌주를 마시게 된다면 어떤 기분일까 하는 상념에 젖어들었다.

암자 입구에 이르러 설영은 일부러 작은 인기척을 흘렸다.

그러자 안에서 들려오던 은은한 고범(高梵:독경) 소리가 뚝 끊어지더니 잠시 후 조용한 목소리가 들려왔다.

"아미타불… 누구시오?"

설영은 최대한 공손한 어조로 조용히 대답했다.

"소예의 친구입니다. 신니께 잠시 드릴 말씀이 있습니다."

암자 안에서 잠시 동안 아무 소리도 없더니 이윽고 부스럭거리는 소리와 함께 승낙이 떨어졌다.

"들어오세요."

척!

설영은 조심스럽게 문을 열고 안으로 들어갔다.

실내 한쪽 벽면은 온통 불단(佛壇)이 차지하고 있었으며, 다른 두 벽면은 서가였고, 그리고 아무것도 없는 쪽 벽에 평범한 나무 침상 하나와 바닥에 방석 두 개가 놓여 있었다.

아미파 장문인이 거처하는 곳이라고는 믿어지지 않을 정도로 지나칠 만큼 검박한 실내였다.

한 명의 여승이 불단을 등진 채 단아한 자세로 서서 들어서는 설영을 묵묵히 바라보고 있었다.

손에 새카만 흑옥으로 만든 염주를 쥐고 있는 여승은 자의 가사를 입었으며 삼십대 중반의 나이로 보였다.

파르라니 깎은 머리에는 조그만 사발 모양의 승관(僧冠)을 썼으며, 아무런 표정을 짓고 있지 않는데도 불구하고 평생 동안 한 번도 험악한 인상을 지어본 적이 없었을 듯한 자애로운 모습이었다.

그녀가 바로 아미파 장문인 창령 신니였다.

그녀는 단정한 자세로 서 있는 설영을 말없이 응시하더니 바닥의 방석을 가리켰다.

"앉으세요."

설영이 앉는 것을 보고 창령 신니도 맞은편에 앉았다.

설영은 창령 신니가 생각했던 것보다 훨씬 젊으며 아름답고, 또 선한 모습이라서 조금 놀랐다.

"소예는 잘 있나요?"

설영은 쑥스러운 미소를 지었다.

"잘 있습니다."

창령 신니는 설영의 얼굴에서 시선을 떼지 않고 있다가 빙그레 온화한 미소를 지었다.

"설영 시주지요?"

설영은 깜짝 놀랐다.

"어… 떻게 저를 아십니까?"

"하하… 소예가 빈니의 귀에 대고 하루 종일 얼마나 설 시주 얘기를 했었는지 아직도 귀가 따가울 정도예요."

"저런……."

설영은 괜히 민망해져서 얼굴을 붉혔다.

"소예가 어린 시절에 설 시주와 얼마나 친했는지, 두 사람이 서로에게 어떤 존재인지 잘 알고 있어요. 물론 소예 혼자만의 생각일 수도 있겠지만……."

설영은 고개를 숙였다.

"아닙니다. 소예와 저는 같은 생각입니다."

사실 창령 신니는 설영이 실내로 들어서는 순간 그를 한눈에 알아보았다.

단소예가 설영의 용모에 대해서 수없이, 그리고 자세히 얘기했던 탓도 있지만, 이 넓은 천하에서 소예의 친구라고 자처할 만한 사람이 설영 한 사람밖에 없다는 사실을 잘 알고 있기 때문이었다.

또한 창령 신니는 설영의 신분을 잘 알고 있다. 그래서 내심 적잖이 놀랐지만 겉으로 드러내지 않았다.

그리고 이것저것 묻지 않고 설영이 먼저 용건을 꺼내기를 조용히 기다렸다.

설영은 그런 창령 신니의 속내를 간파하고는 뜸을 들이지 않고 곧바로 본론을 꺼냈다.

"신니, 만공(卍空)이라는 분을 아십니까?"

순간 한 번도 놀라움이나 독한 표정은 지어 보지 않았을 것 같던 창령 신니의 얼굴에 적잖이 놀라운 표정이 떠올랐다. 수양이 깊은 그녀로서는 무척 놀랐다는 표시였다.

"설… 시주가 그를 어떻게 알죠?"

설영은 단소예에게 창령 신니에 대해서 들었었다. 그녀에 의하면 창령 신니의 나이는 올해로 사십팔 세다.

그런데도 삼십대 중반으로 보이는 것은 불심이 깊고 공력이 심후하기 때문일 것이다.

창령 신니는 설영에 비해서 나이가 두 배 반이나 많으면서도 설영에게 꼬박꼬박 존대를 했다. 그녀가 위엄보다는 자애로움과 예절을 더 중시한다는 의미였다.

설영은 자세를 바로 하며 가볍게 고개를 숙였다.

"그분은 저의 양어머니십니다."

"……"

창령 신니의 얼굴에 방금 전보다 더 강렬한 놀라움이 떠올라 한동안 사라지지 않았다.

그녀는 한참 만에야 놀라움이 가시지 않은 표정으로 조심스럽게 물었다.

"그녀는…… 아직 살아 있나요?"

"그럼요. 지금 낙양에 계십니다."

"아……."

설영은 창령 신니의 두 눈에 눈물이 맺히는 것을 발견하고 가슴이 뭉클했다.

그는 한효령과 창령 신니의 관계를 모른다. 한효령은 아미파의 실전된 절학을 설영에게 전수하면서도 아미파에 대한 얘기는 일체 하지 않았다.

아미파 전대 장문인인 천허 신니에게는 제자가 창령 신니한 명뿐이었고, 천허 신니의 사저인 자허 신니에게는 제자가 한효령, 아니, 만공 한 명뿐이었다.

창령 신니와 만공은 철이 들기 전부터 아미파에서 살았었고, 사형제라고는 그녀들 단둘뿐이었다. 그래서 친자매 이상으로 절친할 수밖에 없었다.

설영은 다시 한 번 정중히 고개를 숙였다.

"신니, 저와 함께 낙양에 가주시지 않겠습니까?"

창령 신니는 잠시 생각하더니 곤란하다는 표정을 지었다.

"당분간은 어렵겠어요. 하지만 그녀가 어디에 있는지 가르쳐 주면 조만간 꼭 찾아가보겠어요."

그렇게 말하면서도 수양이 깊은 창령 신니조차도 한효령의 소식을 들었다는 사실 때문에 흥분을 쉬이 가라앉히지 못하고 있었다.

설영은 표정과 목소리를 조금 완고하게 했다.

"지금 가서야 합니다."

"지…… 금이라고 했나요?"

"네. 그리고 신니께서 만나실 분이 한 분 더 계십니다."

"누구죠?"

"제 형님이십니다."

"……."

창령 신니는 조금 전 한효령에 대한 말을 들었을 때보다 몇 배는 더한 경악지색을 얼굴 가득 떠올렸다.

그러더니 입술을 깨물면서 매우 복잡한 표정을 지으면서 골똘히 생각에 잠겼다가 이윽고 고개를 끄덕였다.

"중천무림의 천주를 만나서 꼭 드릴 말씀이 있었어요. 지금 갈 테니 안내해 주세요."

소림사라는 이름은 원래 소림사가 숭산 소실봉 중턱의 북쪽 숲 속에 위치해 있다는 데에서 유래했다.

소실봉 북쪽 숲을 나가면 높은 암벽이 좌우로 끝에서 끝까지 길게 앞을 가로막고 있다.

삼십여 장 높이의 암벽 꼭대기에는 다섯 개의 첨봉(尖峰)을 머리에 이고 있는 하나의 봉우리가 있는데, 그것이 바로 저 유명한 오유봉(五乳峰)이다.

오유봉 위에 있는 천연석굴에서 보리달마(菩提達磨)가 구 년 동안 면벽을 한 이후로는 그곳을 달마동(達磨洞)이라고 부르게 되었다.

암벽 아래쪽에는 여러 개의 깊은 천연적으로 이루어진 동혈(洞穴)들이 늘어서 있는데, 소림사에서 죄인을 가두는 뇌옥으로 사용하고 있다.

동혈들의 입구는 하나 같이 굵은 철문으로 가로막혔고, 철문은 어린아이 머리통만 한 쇄약으로 봉해져 있었다.

스웃—

소림사 쪽 숲을 나선 두 개의 인영이 일직선을 그으며 암벽을 향해 쏘아오고 있었다.

소림사에 잠입했다가 나온 설무검과 현조운이었다.

설무검은 소림방장 원공 선사의 거처에 들어갔다가 그곳에 원공 선사가 아닌 다른 노승이 있는 것을 발견하고 근처를 호위하고 있던 십팔호법(十八護法) 중 한 명을 제압, 어떻게 된 영문인지 알아내고는 곧장 이곳으로 달려온 것이다.

원공 선사는 처음부터 구파일방에 단합하여 맹을 이루는

것에 반대를 했었고, 그 후에도 그 뜻을 굽히지 않다가 결국 몇몇 장문인들에게 제압당해서 금제가 가해진 후 뇌옥에 갇혔다는 것이다.

암벽 아래의 동혈은 모두 열아홉 개인데 소림에서는 그곳을 세심동(洗心洞)이라고 부른다. 마음을 깨끗이 씻는 곳이라는 뜻이다.

세심동 앞에는 사람은커녕 짐승조차도 얼씬거리지 않았다. 열아홉 개의 동혈 입구를 모조리 두텁고 튼튼한 철문으로 막아버렸고, 그 안에 갇혀 있는 사람들은 모두 금제를 당한 상태이기 때문에 누가 구출할 수도, 자력으로 탈출을 할 수도 없는 상황이기 때문이었다.

"여깁니다."

현조운이 동혈들을 하나씩 살피다가 그중 하나의 입구 앞에서 설무검에게 전음을 보냈다.

설무검이 다가가 동혈 입구 위쪽을 보자 암벽에 '부동(不動)'이라는 두 글자가 새겨져 있었다. 십팔호법 중 한 명에게서 알아낸 동혈이 분명했다.

그는 철문 한복판에 달린 커다란 쇄약을 잠시 살펴본 후에 쇄약을 한 손에 움켜쥐고는 슬쩍 내공을 주입하면서 가볍게 아래로 잡아당겼다.

철컥!

그러자 미약한 소리가 나면서 견고하기 이를 데 없는 쇄약이 간단하게 열려 버렸다.

쇄약이나 철문을 부수지 않은 이유는 누군가 이곳에 다녀갔다는 흔적을 남기지 않기 위해서였다.

드긍─

설무검이 철문을 살짝 들어 올려서 가볍게 밀자 안쪽으로 석 자가량 밀려 들어갔다.

그 사이로 설무검이 동혈 안으로 빨려들 듯이 들어가고 현조운은 밖을 지켰다.

동혈 안은 코끝도 보이지 않을 정도로 캄캄했지만 설무검에게는 문제가 되지 않았다.

퀴퀴한 악취가 설무검의 코를 찔렀으며, 안으로 들어갈수록 더욱 심해졌다.

그는 철문 안으로 들어서는 순간 동혈 내부를 한 차례 살펴보았고, 그것으로써 자신이 찾는 사람이 어디에 있는지 즉시 확인했다.

그는 똑바로 걸어 들어가 동혈의 막다른 곳에 이르렀다. 철문에서 사 장쯤 되는 거리였다.

이윽고 그는 걸음을 멈추었다. 그의 앞에는 한 사람이 막다른 곳 암벽에 서 있었다. 아니, 일으켜 세워진 자세로 축 늘어진 모습이었다.

그 사람은 거의 알몸이나 다름이 없는 몰골이었다. 걸레 조각 같은 더러운 천 조각이 하체의 은밀한 부위를 겨우 가리고 있었으며, 온몸에는 오물이 묻어 더럽기 짝이 없었고 심한 악취가 풍기고 있었다.

또한 손가락 굵기의 은회색 쇠사슬이 그 사람의 어깨 쇄골과 손목, 발목을 뚫고 나와 그 끝이 서로 연결되어 머리 위 벽에 고정되어 있었다. 그것 때문에 그는 쓰러지지도 못한 채 서 있는 것이었다.

"원공."

문득 그 앞에 선 설무검이 조용히 입을 열었다.

그러나 그 사람은 가만히 있었다. 설무검은 그의 숨소리로 미루어 그가 혼절했다는 것을 알 수 있었다.

설무검은 손을 뻗어 그 사람, 즉 원공 선사의 손목을 잡고 진맥을 해보았다.

그의 진맥에 의하면 원공 선사는 특수한 점혈수법에 의해서 금제를 당한 상태였다.

몸의 몇 군데 경락이 폐쇄된 상태이기 때문에 만약 무리하게 운공을 하려고 들면 칠공에서 피를 쏟으며 죽게 되는 악독한 수법이었다.

설무검은 원공 선사에게 가해진 점혈수법이 무엇인지는 모른다. 그러나 그것은 그리 중요하지 않다.

그는 원공 선사의 잡은 손목을 통해서 심후한 내공을 서두르지 않고 천천히 주입시켜 주었다.

점혈수법이라는 것은 인체의 여러 경락 중에서 한 경락에 속해 있는 수십 개의 혈도들 중에 몇 개를 제압하여 어떤 특수한 효과를 이끌어내는 것을 말한다.

말하자면 일정한 시간이나 기일 동안 공력을 운용하지 못하게 하든가, 극심한 고통을 느끼게 하든가, 또는 몸의 일정 부위를 사용하지 못하게 하기도 하고, 머릿속의 기억을 깡그리 지울 수도 있다.

점혈수법이 몹시 복잡하고 난해한 것은 사실이지만, 그것은 범인들에게 국한된 얘기다.

공력이 반박귀진의 경지에 이른 설무검에겐 그저 어린아이 장난 같을 뿐이다.

설무검이 얼마나 공력을 주입했을까. 갑자기 원공 선사의 몸이 푸득푸득 떨리더니 잠시 후 나직한 신음과 함께 정신을 차리고 고개를 들었다.

"음…… 누구시오?"

"날세."

신분을 묻는 말에 설무검은 그저 '나' 라고만 말했다. 그런데도 원공 선사는 대답한 사람이 설무검이라는 사실을 단번에 알아차렸다.

할 일을 끝내고 물러가는 가을의 짧은 뒷모습 같은 특이한 목소리와 자신을 '나'라고만 소개하는 사람은 천하에 한 명밖에 없다는 것을 그는 잘 알고 있었다.

"처…… 천주!"

철그렁! 쩔렁!

원공 선사가 적잖이 놀라 몸을 흔들자 쇠사슬끼리 서로 부딪치면서 날카로운 소리를 흘려냈다.

"아미타불… 돌아오셨군요……!"

원공 선사는 그 짧은 말로 설무검을 다시 만난 기쁨과 안도를 대신했다.

설무검은 빙그레 미소 지었다.

"늦었네."

때가 더덕더덕 낀 원공 선사의 얼굴에 미소가 번졌다. 그의 눈빛은 어린아이처럼 맑아졌다.

"아니오. 적당한 때에 맞추어 잘 오셨소이다."

설무검은 원공 선사의 머리 위에 연결된 쇠사슬을 뽑아 그의 몸에서 걷어내 주면서 물었다.

"어떻게 된 일인가?"

원공 선사는 자신이 금제에서 풀렸다는 사실을 몸으로 느끼면서 자세를 바로 했다.

"일 년 반 전에 무당 장문인 현천 진인이 아미, 화산, 종남파 장문인들과 함께 빈승을 찾아왔었소."

이어서 무당파가 주축이 되고 팔파일방이 연합을 하여 천추혈의맹을 발족했다는 것.

그 목적은 삼천무림을 괴멸시키고 원래 구파일방이 주도하는 무림을 되찾자는 것.

원공 선사 자신에게 맹주 자리를 억지로 떠맡겼다는 것. 이후 그가 매사에 어깃장을 놓자 맹주로 추대한 지 한 달 만에 몇몇 장문인들이 암습을 가해 그를 제압하여 금제를 가하고는 오늘날까지 이곳 동혈에 가두어두었다는 것 등을 간략하게 설명했다.

"허허… 맹주가 된 지 한 달 만에 감금되었으니 빈승은 천추혈의맹에 대해서 아는 바가 거의 없소이다. 그전에도 나는 허수아비 맹주였을 뿐이고."

원공 선사는 씁쓸한 웃음으로 말을 끝냈다.

설무검은 잠시 생각에 잠겼다. 소림은 구파일방 중에서도 수좌(首座)이며, 삼천무림이라는 것이 탄생하기 전까지는 무림의 태두(泰斗)로써 존경과 숭상을 받아왔었다.

그러므로 팔파일방의 말대로 삼천무림을 없애고 예전의 무림으로 환원시키려면 소림을 제외시키고는 일이 진행되지 않을 것이다.

그들은 소림의 명성과 이름이 필요했던 것이다. 명분상으로나 세력 면에서도 천추혈의맹에 소림이 끼었는지 제외되었는지는 큰 차이가 있을 테니까 말이다.

설무검은 아까 제압한 십팔호법의 한 명에게서 현 소림방장이 원공 선사의 네 명의 사제 중 둘째인 자공 대사(慈空大師)라고 들었다.

"자공이 방장에 올랐다는데, 그는 어떤 사람인가?"

자신이 금제를 당해서 감금된 후의 일은 아무것도 모르고 있는 원공 선사는 담담한 미소를 지었다.

"빈승의 사제들은 모두 믿을 만하오. 그중에서도 자공은 모든 면에서 빈승을 능가하는 사람이오."

설무검이 알기로는 소림사에서 원공 선사를 능가할 만한 인재는 없다.

그는 소림사의 육조(六祖)인 혜능(慧能) 이후 가장 걸출한 소림 제자로 불릴 정도였다.

그가 자공을 치켜세우는 것은 자공 대사가 그만큼 뛰어나고 믿을 만하다는 뜻일 게다.

"그렇다면 자공을 비롯한 소림의 중요한 위치에 있는 사람들은 천추혈의맹에게 감시를 당하거나, 어쩌면 금제를 당했을 수도 있다는 뜻이로군."

원공 선사는 어두운 얼굴로 고개를 끄덕였다.

"아미타불… 아마 그럴 것이오."

"그렇다면 지금 당장은 당신이 방장으로 복귀하고 소림사를 장악하는 것은 무리겠군."

원공 선사는 온화한 미소를 지으며 설무검을 바라보았다.

"천주께선 어떻게 되신 일이오?"

설무검은 중천무림의 천주가 되기 전부터 원공 선사와는 친밀한 교분이 있었다.

하루도 싸움이 그칠 날이 없고, 매일 수백, 수천 명의 생명들이 덧없이 사라져 가는 무림을 무력으로라도 장악한 후 안정시켜 평화를 정착시키겠다는 설무검의 뜻에 제일 먼저 찬성했던 사람이 바로 원공 선사였다.

이른바 목적이 수단을 정당화한다는 개념이었다.

설무검은 마치 남의 일인 양 담담하게 설명했다.

"단해룡이 주축이 되어 중천오세가 나를 배신했었네."

원공 선사는 더 이상 깊이 묻지 않았다.

"앞으로 어쩌실 계획이시오?"

"복수를 해야지."

불가에서 흔히 말하는, 복수 같은 것은 다 부질없는 짓이며 복수는 또 다른 복수를 부른다느니 하는 얘기들은 설무검에게는 통하지 않는다.

그는 거인(巨人)이다. 그러므로 그가 복수를 하겠다고 하면 불가나 도가에서 말하는 설법을 뛰어넘는 깊은 의미가 깃들어 있는 것이다.

　더구나 그의 복수는 필경 어느 일개인을 죽이는 것으로 끝나지 않을 터이다.

　아마도 그의 복수가 끝나면 무림의 판도가 뒤바뀌어 있을 것이 분명하다.

　"작금에 소림사에 벌어져 있는 일은 섣불리 건드려서는 안 될 것 같네."

　원공 선사는 설무검의 말을 묵묵히 듣고만 있었다.

　"내 좀 더 자세히 알아본 연후에 다시 이곳에 와서 손을 쓰도록 하겠네."

　원공 선사는 자신 혼자의 능력으로 천추혈의맹을 상대할 수 없다는 사실을 잘 알고 있다. 그러므로 설무검의 도움을 기꺼이 받을 생각이었다.

　"기다리겠소이다."

　"내가 오기 전에 무슨 일이 발생한다면 낙양성 칠의문으로 찾아오게."

　"그러겠소이다."

　원공 선사는 오른손을 가슴 앞에 세우고 고개를 숙였다.

　"부디 부처님의 자비가 천주께 이르기를 빌겠소이다."

　설무검의 입가에 흐릿한 미소가 매달렸다.

　"후후… 그 자비는 당신에게 양보하겠네."

원공 선사는 과연 그의 말이 옳다고 여기고 씁쓸한 미소만 지을 뿐 입을 다물었다. 실상 부처님의 자비가 필요한 사람은 원공 선사 자신과 소림사였다.

설무검이 몸을 돌려 철문으로 걸어가자 원공 선사는 다시 한 번 예를 취한 후 스스로 쇠사슬을 자신의 쇄골과 손목, 발목 사이에 꿰고 고개를 들어 철문을 쳐다보았다.

츠킁!

철문 밖에서 설무검이 쇄약을 잠그는 소리가 들렸다.

"시간이 얼마나 지났는가?"

철문 밖. 설무검의 물음에 현조운이 달의 위치를 살피고 나서 공손히 대답했다.

"한 시진이 거의 다 돼가고 있습니다."

설무검은 엷은 미소를 떠올렸다.

"영아에게 졌구먼."

"가시죠. 소가주께서 기다리시겠습니다."

설무검은 고개를 가로저었다.

"영아는 이미 갔을 거야."

반 시진 동안 기다려서 오지 않으면 즉시 낙양으로 돌아가기로 약속했었다.

현조운은 그래도 아우인 설영이 설무검을 기다리고 있을 것이라고 생각하는데 설무검은 아니라는 것이다.

두 사람이 설영과 만나기로 한 장소에 갔을 때, 그곳에는 아무도 없었다. 숭산 서북쪽 산 아래에도 설영의 모습은 보이지 않았다.

설무검의 말대로 그는 먼저 낙양으로 떠난 듯했다.

그렇지만 설무검은 설영이 소림사 내에서 일이 잘못되었으리라고는 생각하지 않고 있었다.

第九十一章

천추고수(千秋高手)

인시(寅時:새벽 4시). 낙양성.

지란루 앞에 네 개의 인영이 어른거렸다.

설영과 화운비, 형신, 그리고 창령 신니였다. 창령 신니는 눈에 띄지 않기 위해서 승포를 벗고 일반인들의 외출복을 입은 모습이었다.

"이리 오십시오."

설영은 창령 신니를 안내하여 뒷문으로 향했다.

설무검 같았으면 버젓이 전문으로 들어가겠지만, 설영은 남의 사정도 잘 배려하는 성격이라 지란루의 여러 사람을 깨우기 싫어서 뒷문을 택했다.

화운비와 형신은 예전에 낙양과 개봉 인근에서 첫손가락에 꼽히는 규모와 최고급을 자랑하는 지란루에 몇 차례 와본 적이 있어서 루주와는 안면이 있었다.

하지만 두 사람 다 여색을 좋아하는 편이 아니라서 지란루에 알고 있는 기녀는 없었다.

창령 신니는 어렸을 때부터 아미파에서만 틀어박혀 살다가 몇 달 전부터 소림사의 암자에서 지내게 된 것이 전부여서, 이곳이 기루라는 사실조차도 알아보지 못했다.

설영의 뒤를 따라서 도둑고양이처럼 살금살금 지란루 뒷문을 통하여 일층으로 들어선 화운비와 형신은 은근히 흥미가 일었다.

설영과 설무검이 내기를 하면서 '지는 사람이 랑 누님의 가게에서 술을 사기'라고 했었는데, 그들이 말하는 '랑 누님'이라는 여자가 누구인지 궁금했다.

화운비와 형신은 지란루주의 이름에는 랑 자가 들어가지 않는 것으로 알고 있었다.

설영 일행이 막 일층의 계단을 오르려고 할 때 계단 꼭대기 오층의 방문이 살며시 열리는가 싶더니 한 사람이 촛불을 들고 나왔다.

화운비와 형신은 무심코 위를 올려다보다가 해연히 놀라

는 표정을 지었다.

 계단 꼭대기에 촛불을 들고 오도카니 서 있는 사람은 한 명의 소녀였는데, 은은한 촛불에 비친 그녀의 모습이 마치 선계(仙界)에서 막 하강한 선녀처럼 아름다우면서 신비하게 보였던 것이다.

 "영 오라버니?"

 그녀, 은리는 컴컴한 아래쪽을 보면서 초조한 얼굴로 조심스레 물었다.

 "그래, 나다, 리아."

 은리의 얼굴이 환하게 밝아지더니 콩콩거리면서 계단을 마구 뛰어 내려오며 반갑게 외쳤다.

 "영 오라버니 오는 소리가 난다고 언니가 가르쳐 주어서 나와봤는데… 아앗!"

 그러다가 발끼리 얽히면서 몸이 앞으로 고꾸라지며 짧은 비명을 터뜨렸다.

 다음 순간 은리의 작고 가녀린 몸이 계단 아래 허공으로 둥실 떠올랐다.

 그리고 그와 동시에 설영이 번쩍 몸을 날려 그녀를 향해 비스듬히 쏘아갔다.

 척!

 설영은 허공에서 두 팔로 은리를 가볍게 받아 안았다.

은리는 두 눈을 꼭 감고 있다가 자신이 설영에게 안겨 있는 것을 발견하고는 얼른 두 팔로 그의 목을 안으며 더욱 꼭 안겨들었다.
 설영은 그녀를 안은 채 조금 더 쏘아 올라 계단 꼭대기에 사뿐히 내려섰다.
 "괜찮니, 리아?"
 "네."
 은리는 얼굴을 설영의 어깨에 묻고는 두 팔을 풀지 않은 채 대답했다.
 "리아, 너는 또 서방님을 괴롭히고 있구나?"
 그때 방에서 은자랑이 나오다가 그 광경을 발견하고 우아하게 미소 지으며 농을 던졌다. 그녀 뒤에는 한효령이 따라 나오고 있었다.
 "언니는……."
 은리는 설영 품에 안긴 채 고개만 들어 은자랑을 곱게 흘기면서 얼굴을 붉혔다.
 그렇지만 '서방님'이라는 말이 그다지 싫지는 않은 듯한 표정이었다. 그녀는 그러면서도 설영의 품에서 벗어나려고 들지 않았다.
 은리는 어제와 오늘 아침에 걸친 그 소동 이후, 사람들이 보는 곳에서도 설영에게 안기는 것쯤은 그다지 부끄러워하지 않게 되었다.

사람과 사람이 가까워지는 것은 매우 지난한 일인데, 설영과 은리를 보면 남녀 간에 가까워지는 일이란 참 어려우면서도 쉬운 것 같았다.

설영은 은리를 내려놓고 나서 한효령과 은자랑에게 두루 포권을 해보였다.

"다녀왔어요, 어머니. 랑 누님."

설영의 그 말에 계단을 거의 다 올라온 세 사람의 시선이 일제히 은자랑과 한효령에게 쏠렸다.

화운비와 형신은 대체 '랑 누님'이 누구인지 확인하려는 것이고, 창령 신니는 설영의 어머니, 즉 만공을 보려는 의도였다.

그런데 화운비와 형신은 몇 계단을 남겨둔 곳에서 올라오기를 멈춘 채 눈을 휘둥그렇게 뜨고 은자랑을 쳐다보며 놀라움과 감탄을 금치 못했다.

흔한 말로, 두 사람은 은자랑처럼 고귀하고 우아한 절색미녀를 평생 먼발치에서라도 구경해 본 적이 없었다.

두 사람은 여태껏 설란궁주 설란후 정지약이 천하에서 가장 아름다운 여자라고 생각했었다.

물론 정지약과 은자랑의 아름다움을 비교한다는 것은 결코 쉬운 일이 아니다.

두 여자의 공통점은 둘 다 지독하게 아름답다는 것뿐이다. 그 외에는 각기 다른 독특한 미(美)를 지니고 있었다.

정지약이 요염하면서도 외향적인 미의 소유자라면, 은자랑은 지적이고 눈부신, 그러면서 지상의 사람이 아닌 듯한 착각을 불러일으키는 미의 소유자였다.

그렇지만 은자랑은 정지약에 비해서 지나치게 젊다. 젊은이라는 것은, 그리고 젊은 아름다움이라는 것은 그 무엇과도 비교할 수 없는 가치가 있는 것이다.

그런 점에서 화운비와 형신은 정지약보다 은자랑이 더 눈부시게 아름답다고 생각했다. 여자에 대해서는 별 관심이 없는 두 사람이라고 해도 말이다.

창령 신니는 한효령을 보자마자 한눈에 알아보았지만, 한효령은 일반인의 옷을 입고 모자를 눌러쓴 창령 신니를 금세 알아보지 못했다.

화운비와 형신은 멈춰 섰지만, 창령 신니는 이끌리듯이 계속 올라와 꼭대기에 이르러 한효령 앞에 섰다.

설영은 미소를 지으면서 아무 말도 하지 않고 두 사람을 바라보기만 했다.

은리는 두 팔로 설영의 팔을 가슴에 꼭 안고 옆에 바짝 붙어 서 있었다.

문득, 한효령은 지척 거리에 서 있는 창령 신니의 얼굴을 보면서 적잖이 놀라는 표정을 지었다.

아직 상대가 창령 신니라는 생각은 하지 못했지만, 자신의 기억 속에서 알고 있던 몇 안 되는 사람 중에 한 사람이라는 생각에 표정이 변한 것이었다.

슥—

그때 창령 신니가 말없이 모자를 벗었다. 그러자 파르라니 깎은 맨머리가 드러났다.

"아……."

그 순간 한효령의 두 눈이 한껏 커지면서 입에서 한숨 같은 탄성이 흘러나왔다.

자신의 눈앞에 서 있는 사람은 기억 속에 있는 사람 중에서 가장 보고 싶었던 얼굴이었다.

"정…… 말 창령, 네가 맞느냐?"

한효령이 묻는데도 창령 신니는 목이 메어서 대답을 하지 못하고 고개만 끄덕였다. 그러자 두 눈에 고여 있던 눈물이 후드득 떨어졌다.

한효령의 뺨이 씰룩였다. 넉 달 동안 사지를 헤매다가 돌아온 설영을 다시 만났을 때와는 또 다른 격동이 그녀의 온 정신과 몸을 휘몰아치고 있었다.

한효령은 창령 신니 앞으로 한 걸음 바짝 다가서며 떨리는 두 손을 내밀었다.

그녀의 두 손이 창령 신니의 뺨을, 얼굴을 어루만지자 그 손 위로 눈물이 쏟아졌다.

이어서 한효령은 창령 신니를 가만히 품에 안았다. 처음에는 어색한 듯한 동작이었으나, 곧 두 사람은 서로를 깊숙이 끌어안았다.

올해 한효령의 나이는 오십이 세다. 십구 세에 아미파에서 파문을 당했으니 두 사람의 해후는 장장 삼십삼 년 만에 이루어진 것이다.

두 사람은 불가의 여제자들이었지만 삼십삼 년 전에는, 아니, 그녀들이 처음 만났던 그보다 훨씬 더 오래전에는 친자매 이상으로 친했고 서로 의지를 했었다.

창령 신니는 한효령이 파문당한 이후 오늘날까지 아무에게도 마음을 내어주지 않았다. 하나뿐인 제자 단소예는 마음을 열어 보여주기에는 너무 어렸다.

한효령 역시 사문에서 파문당한 이후 누구와도 친하게 지내지 않았다. 설영은 아들이지만 그녀의 친구가 되어줄 수는 없었다.

두 사람은 다시는 놓지 않을 듯이 서로를 꼭 부둥켜안은 채 몸을 떨면서 소리 없이 눈물만을 흘리고 있었다. 삼십삼 년 긴 세월을 무엇으로 설명할 수 있겠는가.

어느덧 화운비와 형신도 꼭대기에 올라와 두 사람의 해후를 지켜보고 있었다.

한효령과 창령 신니의 만남의 의미를 알고 있는 사람은 설영 혼자뿐이었다.

하지만 은자랑 자매와 화운비, 형신 등은 막연하게나마 두 사람이 예전에는 몹시 친한 사이였으며 오랜만에 만나게 되었음을 짐작할 수 있었다.

먼저 정신을 수습한 사람은 차분한 성격의 한효령이었다. 그녀는 창령 신니를 품에서 떼어내고 눈물을 닦고 나서 은자랑에게 허리를 굽혔다.

"단주, 아미파 장문인 창령입니다."

조금도 예상하지 않았던 사람의 출현이었지만 은자랑의 얼굴에는 전혀 놀라거나 뜻밖이라는 표정이 떠오르지 않았다. 그녀가 그만큼 대범하고 큰 그릇이라는 의미다.

"어서 와요."

그녀는 엷은 미소를 지으며 가볍게 고개를 끄덕일 뿐, 의당 해야 할 자기소개는 하지 않았다.

화운비와 형신은 새삼스러운 표정으로 은자랑과 한효령을 번갈아 쳐다보면서 그녀들의 신분이 무엇일까 궁리를 해봤지만 도통 갈피를 잡을 수가 없었다.

"랑 누님, 형님과 내기를 했는데 제가 이겼어요."

그때 설영이 환하게 웃으면서 손바닥으로 가볍게 제 가슴을 두드렸다. 그 행동이 자못 의기양양했다.

창령 신니의 인사를 받을 때와는 달리, 은자랑의 시선이 설영의 얼굴로 향하는 동안 그녀의 얼굴에는 햇살처럼 화사한 미소, 아니, 웃음이 피어났다.

은자랑의 위엄은 만인 위에 군림하지만 설무검 형제와 은리, 한효령만은 예외였다.

설영은 눈을 묘하게 뜨면서 어깨로 슬쩍 은자랑의 어깨를 건드렸다.

"형님이 내기에서 지면 랑 누님이 술을 내야 한다고 그러셨거든요?"

"그래? 호호홋! 그렇다면 당연히 내야지."

조금 있으면 동이 터올 이른 새벽에 술을 내놓으라는 무리한 요구에 은자랑은 방금 전보다 더욱 환하게 웃으면서 일행을 실내로 안내했다.

"자! 모두들 들어갑시다."

화운비와 형신은 얼결에 실내로 들어가면서 은자랑이 설영과 설무검이라면 껌뻑 죽는다는 한 가지 사실만을 어렴풋이 깨달았을 뿐이다.

화려가 극에 달한 넓은 실내의 창가 쪽에 놓인 탁자에 모두들 빙 둘러앉았다.

설영 좌우에 은자랑과 은리가, 은리 옆에는 한효령, 창령 신니, 화운비, 형신 순으로 앉았는데 결과적으로 형신이 은자랑 옆에 앉은 셈이었다.

형신은 자신의 옆에 앉아 있는 은자랑을 감히 쳐다보지도 못한 채 바짝 얼어서 허리를 꼿꼿하게 펴고 전면만 멀뚱멀뚱 쳐다보고 있었다.

그는 삼십이 세의 나이로 무공을 밥 먹는 것보다 더 좋아하여 무공 연마 외에는 그 무엇도 관심을 갖지 않아 아직도 장가를 가지 못한 처지였다.

총각이 절세미녀와 두어 뼘 남짓 되는 거리를 두고 앉았으니 정신을 차리지 못하는 것이 당연했다.

더구나 은자랑에게서는 아주 좋은 향기가 솔솔 풍겨 나오고 있어서 형신은 정신까지 아득해지는 것 같았다.

그때, 문이 열리고 화려한 홍의를 입은 이십대 후반의 꽤나 어여쁜 여인이 뛰듯이 총총히 달려 들어와 은자랑에게 코가 바닥에 닿을 듯 허리를 굽혔다.

"부르셨습니까, 단주?"

"술상을 내오너라."

"명을 받자옵니다."

홍의여인은 다시 한 번 절을 하고 나서 허리를 펴는 도중에 자신을 빤히 쳐다보고 있는 두 사람을 발견하고 가볍게 표정이 변했다.

"아!"

그녀를 쳐다보고 있던 두 사람은 화운비와 형신이었다.

홍의여인은 다름 아닌 지란루주였고, 두 사람은 그녀와 서너 번 정도 안면이 있었던 것이다.

홍의여인은 은자랑이 있는 자리라서 감히 아는 체를 못하고 그냥 몸을 돌려 나가려고 했다.

그때 그녀와 가깝게 있던 형신이 그래도 아는 얼굴이라고 인사를 건넸다.

"오랜만이오, 루주."

"아…… 네."

지란루주는 인사를 하는 둥 마는 둥 서둘러 방을 나갔다.

형신은 어쩌면 지란루에 들어서면서부터 자신들 두 사람만 입을 꾹 봉한 채 꿔다놓은 보릿자루처럼 앉아 있었던 것이 못내 버성기게 여겨졌는지도 모르는 일이었다.

중천오충의 하나인 금호방 수석당주 형신이라고 해도 최고급 기루인 지란루에서는 그저 말석이나 지키고 앉아 있어야 하는 처지였다. 지란루가 워낙 내로라는 거물들이 많이 찾는 곳이기 때문이다.

지란루주가 급히 나간 뒤 형신은 그녀에게 아는 체를 하기 전보다 더 머쓱해졌다.

그래서 자신이 물색없이 그녀에게 아는 체를 했던 것을 조금쯤은 후회하고 있었다.

그제야 분위기가 어색한 것을 눈치 챈 설영이 화운비와 형신을 은자랑과 한효령에게 소개를 했다.

"랑 누님, 어머니, 이분들은 벽파도문 문주이신 추풍도와 금호방 수석당주이신 산예도입니다."

정식으로 소개를 하게 된 화운비와 형신은 앉은 채 두 손을 모아 정중하게 포권을 했다.

"화운비라 하오."

"형신이오."

그러나 은자랑과 한효령은 고개만 가볍게 까딱거릴 뿐 자신들을 소개하지 않았고, 그것으로 끝이었다.

사실은 그렇게 하는 것이 화운비와 형신 두 사람을 위한 배려인데도, 정작 두 사람은 그렇게 느끼지 않았다. 자신들이 무시를 당하고 있다고 여긴 것이다.

두 사람이 포권을 하여 앞으로 내밀고 있는 손을 아직 거두지 않고 있다는 것이 그 증거였다.

무림의 인사법은 상대가 자신을 소개하기 전에는 포권을 풀지 않는 것이다.

설영은 두 사람 얼굴에 약간의 불쾌함이 떠오른 것을 발견하고 중재에 나섰다.

그는 한효령과 은자랑을 번갈아 가리키면서 화운비와 형신에게 빙그레 미소 지었다.

"어머니는 검풍루주이시고, 랑 누님은 봉황단주라오."

"……."

"……."

순간 화운비와 형신의 얼굴에 극도의 경악지색이 가득 떠올랐다. 아니, 창령 신니도 크게 놀라고 있었다.

화운비와 형신의 포권은 어느덧 풀어져서 두 손이 슬그머니 무릎 위에 놓여졌다.

그러는가 싶더니 갑자기 형신이 제정신이 아닌 듯 벌떡 일어나 은자랑을 향해 허리까지 깊이 굽히면서 포권을 하며 외치듯이 다시 인사를 했다.

"혀, 형신이 다시 인사드립니다! 방금 전에는 결례를 했습니다! 아무쪼록 용서하십시오!"

그렇지만 은자랑은 이번에도 형신에게 눈길조차 주지 않았다. 그를 싫어해서가 아니라 그러는 것이 그녀의 몸에 밴 습관이기 때문이었다.

그러니 형신은 일어선 채 포권을 거두지도, 허리를 펴지도 못하고 애면글면 속만 썩일 뿐이었다.

은자랑과 한효령의 신분을 듣고 놀라기는 화운비도 마찬가지지만, 그는 원래 드레진 성격이라 거푸 두 번씩이나 인사는 하지 않는다.

그래서 보다 못한 설영이 꾀를 냈다.

"랑 누님."

그는 은자랑 어깨에 한 팔을 척 걸쳐서 안듯이 자신 쪽으로 잡아당기고는 그녀 얼굴에 자신의 얼굴을 가깝게 바짝 가져가며 은근짜 같은 표정을 지어 보였다.

"왜?"

은자랑은 미소를 지으며 설영을 돌아보았다. 그 바람에 그녀의 입술이 설영의 입술에 닿을 듯 말 듯했지만, 두 사람 모두 개의치 않았다.

"저 두 분은 형님께서 매우 아끼시는 분들입니다. 누님께서 이러는 것을 만약 형님께서 아시면 불쾌하게 여길지도 모르겠는데요?"

그러자 칼로 목을 찔러도 눈썹조차 까딱하지 않을 것 같던 은자랑의 얼굴에 놀라움이 가득 떠올랐다.

다음 순간, 화운비와 형신은 자신들의 눈을 의심해야 할 정도의 장면을 목격하게 되었다.

갑자기 은자랑이 벌떡 일어나서 두 사람을 향해 두루 포권을 해 보이며 거의 아양에 가까운 표정으로 도섭스럽게 인사를 하는 것이 아닌가.

"호호홋! 소녀는 은자랑이라고 해요! 사령단의 봉황단을 맡고 있지요! 제 행동이 불쾌하셨다면 너그럽게 용서하시고 화를 푸세요! 호홋!"

당황함의 극과 놀라움의 극은 원래 서로 통하는 법이다. 방금 전까지만 해도 당황함의 극치를 맛보고 있던 화운비와 형신의 표정은, 놀라움의 극치를 겪고 있는 지금의 표정과 별반 다르지 않았다.

척!

바로 그때 문이 열리면서 설무검과 현조운이 들어서다 그 광경을 발견했다.

설무검은 탁자로 걸어오면서 당황인지 놀라움인지 모를 표정을 짓고 있는 화운비와 형신을 보더니, 곧이어 은자랑을 보며 가볍게 꾸짖었다.

"랑아, 혹시 너 이들에게 결례를 한 것이냐?"

결정적인 말이었다.

그때 사람들은 보았다.

모친을 닮아서 철혈(鐵血)이라고 불리는 봉황단주 은자랑이 쪼르르 설무검 앞으로 달려가더니 만면에 누가 보더라도 아양과 아부가 분명한 웃음을 가득 떠올리면서 온갖 교태를 부리는 모습을.

"아이~! 소녀가 어찌 대가의 수하들에게 무례할 수 있겠어요? 천부당만부당한 일이지요~! 그렇죠, 여러분?"

"아무래도 현천 진인이 천추혈의맹의 실질적인 맹주라고 할 수 있겠지요."

모두들 창령 신니의 말에 귀를 기울였다.

설무검은 묵묵히 술잔을 비웠고, 그 옆에 찰싹 붙어 앉은 은자랑이 그의 술잔이 빌 때마다 마치 기녀가 하듯이 우아한 동작으로 잔을 채웠다.

"구파일방에서 선발한 삼천여 명의 고수들은 '천추고수(千秋高手)'라고 하는데, 소림사와 무당파, 화산파에 각각 천 명씩 분산되어 은밀한 곳에서 대기하고 있어요."

아무도 그녀의 말을 끊지 않았다. 이름마저 생소하기 짝이 없는 천추혈의맹에 대해서는 모두들 아는 것이 전무하니 물어볼 말도 없기 때문이었다.

창령 신니는 잠시 숨을 고르면서 긴장된 표정을 지었다. 사실 그녀는 설무검에게 이 말을 하기 위해서 설영을 따라나섰던 것이다.

그녀의 경직된 표정은 지금부터 그녀가 하는 말이 무척 중요하다는 의미이기도 했다.

"중삼절 날 낙성절정검 단해룡 시주가 중천무림의 천주로 오르는 순간, 천추혈의맹이 낙성검가에 대해서 일제히 대공격이 시작될 거예요."

과연 그녀의 말은 청천벽력 같은 충격이었다.

설무검마저도 가볍게 움찔 놀라는 표정을 지었을 정도였다.

모두들 크게 놀라고 있을 때, 설무검은 술을 마시려다가 멈춘 채 술잔을 입에 대고는 생각에 잠겼다.

'천추고수 삼천 명 정도로 중천무림에 싸움을 건다는 것인가? 너무 무모하지 않은가?'

중천사세와 중천칠지파만 해도 칠, 팔천에 달하는 세력이다. 더구나 그들은 최정예와 정예고수들이다.

또한 중천무림 전체로 치면 무려 사, 오만 명에 달하는 고수들을 보유하고 있다.

천추혈의맹의 정예가 삼천 명의 천추고수이고, 구파일방의 전 고수를 합해도 채 일만 명이 넘지 않는다.

그러므로 천추혈의맹의 수뇌부들 머리가 어떻게 되지 않고서야 고작 일만 명으로 사, 오만 명에 달하는 중천무림을 공격하지는 않을 것이다. 설사 계란으로 바위를 친다고 해도 그보다는 나을 터이다.

'무언가 믿는 구석이 있다.'

그래서 설무검은 그런 결론을 내릴 수밖에 없었다. 그가 알고 있는 무당 장문인 현천 진인은 능구렁이다.

고작 천추고수 삼천, 아니, 구파일방을 다 합친 일만 정도의 세력으로 무모하게 중천무림에 싸움을 걸 아둔패기가 아닌 것이다.

'천추혈의맹 뒤에 대체 누가 있는가…….'

그러나 거기에서 막혀 버리고 말았다. 여러 가능성들을 두루 연결시켜 봤지만 모두 이치에 맞지 않았고 말이 되지 않았으며 설득력이 없었다.

모두들 침묵을 지키면서 조용히 설무검이 생각을 끝내기를 기다리고 있었다.

창밖이 뿌옇게 밝아오고 있었다. 뒷마당의 나무 위에서 참새들이 지저귀기 시작했다.

한참 만에야 설무검은 가볍게 고개를 가로저었다. 아무리 생각해 봐도 구파일방이 힘이 되어줄 만한 세력이나 배후로 지목할 만한 세력이 없었다.

이윽고 그는 마시지 않고 입가에 대고만 있던 술잔을 다시 탁자에 내려놓으며 창령 신니를 쳐다보았다. 무엇인가 실마리를 찾아내기 위해서다.

"현천이 누구와 친하오?"

"화산 장문인 자하 도장과……."

설무검이 말을 잘랐다.

"아니, 혹시 현천을 찾아오는 사람이 없었소? 아니면 그가 누굴 만나러 간다거나……."

그렇게 물으면서도 창령 신니가 그런 것까지 알 리가 없을 것이라고 생각하는 설무검이었다.

창령 신니는 생각에 잠겼다. 설무검의 물음에 무엇인가 대답을 해주려는 의도가 역력했다.

설무검이나 설영 등은 창령 신니가 무엇인가를 생각해 낼 것이라고는 별로 기대하지 않았다.

설무검은 잠시 생각하다가 나직이 중얼거렸다.

"조운, 등발에게 낙성검가 총관인 함붕에 대해서 알아보라 하고 자네는 그자가 낙성검가 밖에서 무엇을 하는지 감시하도록 하게."

"명을 받듭니다."

설무검 뒤에 시립하고 있던 현조운은 공손히 허리를 굽히고는 빠르게 방을 나갔다.

이어서 설무검은 술잔을 비우고 빈 잔을 은자랑에게 내밀며 그녀를 보았다.

"랑아, 소림사와 무당, 화산파에 집결해 있는 각 천 명씩의 천추고수들 동향을 감시해다오."

여태까지와는 다르게 은자랑은 정색을 했다.

"우린 평소에도 구파일방을 감시하고 있었어요."

봉황단의 정보력이 가히 천하제일이라는 사실에 이견을 달 사람은 없었다.

그들은 구파일방뿐만 아니라 천하 무림의 모든 방, 문파와 개인까지도 감시하고 있다.

"그렇다면 현재 천추고수들이 어떻게 하고 있는지를 알 수 있겠느냐?"

은자랑은 즉시 일어나 방문 쪽으로 걸어갔다.

"잠시만 기다리고 계세요."

사실 설무검은 중요한 선택의 기로에 서 있었다.

배신자들의 우두머리, 뱀의 대가리라고 할 수 있는 단해룡을 언제 단죄(斷罪)할 것인가. 그 시기를 두고 고민하고 있는 중이었다.

단해룡에 대한 단죄가 시작되면 다른 자들에 대한 응징이 곧바로 뒤따라야 한다.

그러나 중요한 문제는 설무검에게는 중천사세와 중천칠지파, 아니, 화운비의 벽파도문을 제외한 중천육지파를 상대할 세력이 없다는 사실이다.

현재 설무검이 보유하고 있는 세력은 칠의문과 중천오충, 그리고 벽파도문이 전부다.

그것으로는 중천육지파를 상대하기에는 조금 여유가 있고, 중천사세를 상대하는 데에는 턱없이 부족한 실정이었다.

지금 설무검 개인의 능력으로 단해룡을 비롯한 중천사세

지존들을 각각 한 명씩 따로 죽이는 것은 그리 어려운 일이 아닐 터이다.

그들을 죽일 수 있을 만한 거리까지 가까이 접근하는 것과 죽인 후 빠져나오는 것이 어려운 일이기는 하지만, 하려고 들면 불가능하지는 않을 것이다.

그러나 그것은 그 나름대로 곤란한 점이 있다. 정지약을 포함한 중천사세의 지존들을 한 명이라도 먼저 죽이게 되면, 나머지 세 명이 극도로 경계하여 그다음부터는 그들을 죽이는 것이 배 이상은 어려워질 것이라는 얘기다.

그리고 무엇보다도 그런 방법을 쓰기 싫은 이유는, 그들 네 명만 죽여서는 성이 차지 않는다는 것이다.

죽이기 전에 철저하게 박살을 내고 싶은 것이다. 모든 것을 잃고 차라리 죽는 것이 살아 있는 것보다 더 낫다는 사실을 실감할 때, 그때 비로소 죽이고 싶은 것이다.

"생각났어요!"

그때 창령 신니가 나직한 탄성을 터뜨리듯 입을 열었기에 설무검은 상념에서 깨어났다.

창령 신니는 그렇게 말하고서도 고개를 갸웃거리며 잠시 생각을 정리하다가 조심스럽게 말을 이었다.

"무당 장문인 현천 진인이 소림사 밖 숲에서 외인(外人)을 만나는 것을 우연히 목격한 적이 있어요."

"외인이라는 것을 어떻게 알죠?"

설영이 예리하게 질문했다.

"빈니는 조금 전까지만 해도 그 당시에 현천 진인이 만난 사람이 그저 구파일방의 고수들 중에 한 명인 줄로만 알고 있었어요. 그런데 천주의 말씀을 듣고 곰곰이 생각해 보다가 그 사람이 다시 생각났는데, 그 사람의 복장은 분명히 구파일방의 고수가 아니었어요."

중인은 조용히 그녀의 다음 말을 기다렸다.

"우선 그자는 흑의장삼을 입고 있었어요. 그렇지만 구파일방의 고수들은 흑의를 입지 않아요. 둘째, 이것은 빈니의 개인적인 느낌일는지 모르지만, 빈니는 그 흑의인에게서 사악한 기운을 느꼈어요. 그래서 그 당시에 그 사람을 조금 더 유심히 살펴봤던 것 같아요."

"그 사람이 누군지는 모르시는군요?"

창령 신니의 말에서 그것을 감지한 설영이 묻자 창령 신니는 미안한 듯 고개를 끄덕였다.

"그래요."

좌중은 다시 침묵에 잠겼다. 방금 창령 신니가 한 말은 중요한 단서가 될 수도 있지만, 그가 누군지 모른다면 아무 소용이 없는 것이다.

그때 밖에 나갔던 은자랑이 다시 돌아와 설무검 옆에 앉은 후 차분하게 입을 열었다.

"대가, 무당파와 화산파에 있던 각 천 명씩의 천추고수들은 어젯밤에 그곳을 떠나 낙양으로 향하고 있으며, 소림사에 있던 천 명의 천추고수들은 조금 전 동이 트기 직전에 숭산을 출발했다고 하는군요. 물론 그들이 향한 방향은 서북쪽, 이곳 낙양이에요."

설무검의 안색이 어두워지고 또 무거워졌다. 그것으로 창령 신니의 말이 확인됐다.

그때 설무검의 머리를 스치는 것이 있었다.

"신니, 천추혈의맹은 삼천 명의 천추고수들로만 공격을 감행하는 것이오?"

조금 전에 창령 신니가 '중삼절 날에 천추혈의맹이 대공격을 할 것'이라고 했지, '천추고수'라고는 하지 않았던 것을 떠올린 것이다.

창령 신니는 가볍게 고개를 가로저었다.

"그렇지 않아요. 그들 외에 구파일방에서 선발된 오백 명씩 오천여 명의 고수들도 있어요. 천추고수들의 공격이 개시되면 그들도 즉시 공격에 가담하게 될 거예요."

그렇다면 지금 현재 천추혈의맹의 도합 팔천여 고수가 중천무림의 심장부인 낙양성을 향해서 여러 방향으로 밀려오고 있다는 것이다.

아무리 그렇다고 해도 그들로서는 중천무림을 어쩌지 못할 터이다. 중천무림에 한바탕 혈풍이 몰아치겠지만, 그것으로 끝이다.

다만 구파일방이 한꺼번에 괴멸되고, 중천무림이 큰 타격을 입는 비극만 초래될 뿐이다.

설무검의 생각은 여전히 벽에 부닥쳐 있었다. 천추혈의맹은 이런 무모하기 짝이 없는 대공격으로 자멸의 길을 선택하지는 않았을 것이다.

중천무림 내부에서든, 아니면 외부에서든 반드시 조력자가 있어야만 천추혈의맹의 대공격이 현실적으로 가능한 것이다. 그것도 막강한 세력을 지닌 배후여야만 할 것이다.

"그럼 사매는 어떻게 할 셈이지?"

한효령이 옆에 앉은 창령 신니를 보면서 물었다.

천추혈의맹 대공격의 선봉에 서야 할 창령 신니가 이곳에 앉아 있기 때문에 묻는 말이었다.

창령 신니는 정색을 했다.

"원래는 오늘 동이 트기 전에 저는 소림사를 출발할 예정이었어요. 본 파의 천추고수 삼백 명은 화산파에 집결해 있는데, 그들이 화산파를 출발하여 낙양으로 오는 도중에 만나서 인솔을 해야 하거든요."

그런데 설영을 따라서 급히 이곳으로 오게 된 것이다. 물론 여태 했던 말을 설무검에게 직접 전하기 위해서였다.

"빈니는 이제부터라도 출발하여 이곳으로 오고 있을 본 파제자들을 맞이하러 가야지요."

그렇게 말하는 창령 신니의 표정이 몹시 어두웠다.

"사실은……."

문득 창령 신니는 어두운 표정을 지었다.

"빈니는 천추혈의맹의 발족 때부터 전적으로 반대하는 입장이었어요."

그녀의 말에 모두들 마음속으로 수긍을 했다. 그랬기에 이런 중요한 시기에 이곳까지 직접 와서 중요한 정보를 제공한 것이 아니겠는가.

"그렇다면 처음부터 가담하지 말았어야지."

한효령은 약간 책망하는 어조로 말했다. 아미파와는 강제적으로 인연이 끊어진 그녀지만, 마음속의 질긴 끈은 아직 끊어내지 못한 듯했다.

"협박이 없었다면 그랬겠지요."

문득 창령 신니의 표정이 착잡하게 변했다.

"협박?"

한효령이 놀라서 약간 언성을 높였다.

그러나 설무검은 그녀들의 대화에 조금도 신경을 쓰지 않고 있었다.

무당파가 주동이 되어 천추혈의맹을 발족했다면, 무당파가 무슨 야비한 방법을 사용해서 구파일방을 결속시켰든 그다지 중요하지 않기 때문이다.

지금 중요한 것은 천추혈의맹, 아니, 무당파 현천 진인의 배후에 누가 있느냐는 것이다.

창령 신니는 쓸쓸한 얼굴로 독백하듯이 말문을 열었다.

"다른 팔파일방들로부터 소외당하는 것이나 고립되는 것은 무섭지 않았어요. 그렇지만… 만약 말을 듣지 않을 경우에 본 파를 괴멸시키겠다고 협박을 해서……."

"누가?"

한효령은 자신도 모르는 사이에 아미파의 일에 점점 깊이 빠져 들고 있는 자신을 발견하지 못했다.

그녀의 칼날처럼 날카로운 목소리와 치켜 올라간 눈썹이 그것을 대변하고 있었다.

"현천 진인과 자하 도장이……."

그렇게 대답하면서 창령 신니는 가늘게 몸을 떨며 고개를 깊이 숙였다.

한효령은 뭐라고 더 다그치려다가 그제야 자신이 아미파하고는 절연을 한 사이라는 사실을 깨달았고, 그와 동시에 고개를 숙이고 있는 창령 신니가 눈물을 뚝뚝 흘리고 있는 것을 발견하고 적잖이 놀라 입을 다물었다.

그녀가 왜 갑자기 눈물을 흘리는 것인지 이유를 알 수 없었기 때문이다.

문득 한효령은 설무검이 창령 신니를 뚫어지게 주시하고 있는 것을 발견했다.

그리고 그녀가 설무검의 표정에서 무엇인가를 알아내려고 시도하려는데 그가 먼저 입을 열었다.

"그자들이 신니에게 무슨 짓을 했소?"

한효령은 그게 무슨 소리냐는 듯 의아한 표정으로 설무검을 쳐다보았다.

그러느라 바로 옆에 앉아 있는 창령 신니의 반응을 한발 늦게 발견했다.

창령 신니는 설무검의 물음에 아기가 경기를 일으키듯 화들짝 놀라더니 안색이 창백하게 변해서 설무검을 바라보며 비 오듯이 눈물만 흘렸다.

설무검은 더 이상 묻지 않았다. 창령 신니의 반응을 보고 그녀가 현천 진인에게 무슨 짓을 당했는지 어렵지 않게 짐작할 수 있었기 때문이다.

그런데 바로 그때 누구도 예상하지 않았던 창령 신니의 고백이 터져 나왔다.

그녀는 온몸을 마구 떨면서 눈물을 흘리며 피를 토하듯 말을 쏟아냈다.

"으흐흑…! 그자는… 나를 강제로… 범했어요……."

이어서 그녀는 탁자에 엎드려 오열했다. 그녀는 방금 자신을 '빈니'라고 하지 않고 '나'라고 칭했다.

겁탈을 당할 당시에 그녀는 여승이 아닌 한 명의 여자였다는 뜻이거나, 아니면 몸을 더럽혔으니 불가인이라고 말할 수 없다는 뜻일 게다.

설무검은 창령 신니에게서 시선을 거두었다. 그녀가 현천 진인에게 겁탈을 당한 건 안된 일이지만 더 이상 그의 관심을 끌지는 못했다.

필경 현천 진인은 아미파를 천추혈의맹에 끌어들이기 위해서 온갖 방법을 사용했을 것이며, 끝내는 괴멸시키겠다고 협박까지 서슴지 않았었다.

그러나 그마저도 통하지 않자 결국은 창령 신니를 겁탈하여 그것으로써 그녀를 공갈 협박했을 것이다.

한효령은 탁자에 엎드려 오열하고 있는 창령 신니의 등을 가만히 다독거려 주었다.

지금으로서 그녀가 창령 신니에게 해줄 수 있는 건 그것밖에 없었다.

설무검은 깊은 생각에 잠겨 있었고, 은자랑은 가끔 그를 보면서 그녀 역시 생각에 잠겼다.

두 사람의 공통점은 지나칠 정도로 냉정하다는 점이다. 그것은 절대자 혹은 군림자의 길을 걷는 외로운 거목의 공통점이기도 했다.

그러나 설영과 은리, 한효령, 형신, 심지어 화운비까지도 현천 진인의 잔혹하고 파렴치한 짓에 치를 떨었고, 창령 신니에게 가여운 마음을 품었다.

설무검은 오랫동안 고심했지만 끝내 마땅한 해답을 찾아내지 못했다.

사실 그가 원래 세웠던 계획은 중천사세, 아니, 설란궁까지 포함한 중천오세가 서로 배신하고, 결국은 고립하게 만든 후에 서로가 서로를 공격하게 하자는 것이었다. 말하자면 골육상잔(骨肉相殘)을 시키는 것이다.

하지만 그것은 무(無)에서 유(有)를 창조해 내는 것과 다름이 없을 정도로 고도의 기술과 치밀한 계획, 그리고 막강한 능력을 필요로 하는 방법이었다.

그렇지만 설무검은 자신이 있었다. 자신이 지니고 있는 현재의 세력으로 중천칠지파를 확실하게 견제하여 옭아서 묶고, 중천오세를 차근차근 요리할 능력이 있다고 믿었다.

그러나 그것은 충분한 시간과 인내를 필요로 한다. 그렇지만 중삼절은 당장 내일이다.

바로 내일 천추혈의맹의 팔천 고수가 중천무림, 아니, 낙성검가를 공격할 것이다.

"형님, 혹시 낙성검가에서도 천추혈의맹의 존재를 알고 있지 않을까요?"

그때 생각에 잠겨 있던 설무검과 은자랑이 동시에 움찔 가볍게 몸을 떨었다. 다른 사람들도 놀란 표정을 지으며 설영을 쳐다보았다.

설영은 고개를 갸웃거리고 나서 총명하게 눈을 빛냈다.

"소림사와 아미파, 무당파, 화산파, 종남파는 중천무림에 속해 있으며 중천오문이라고 불립니다. 모름지기 천하의 어떤 지배자라고 해도 피지배자들을 감시하지 않는 곳이 없습니다. 제 생각에 중천사세는 이미 구파일방, 아니, 천추혈의맹의 발족을 알고 있을 것이며 일거수일투족을 손금 보듯이 파악하고 있을 것 같군요."

그가 말을 하는 동안 설무검과 은자랑의 표정이 수시로 복잡하게 변했다.

그렇지만 설영이 말을 끝냈을 때 두 사람의 얼굴에 떠올라 있는 표정은 똑같이 감탄이었다. 물론 그것이 설영에 대한 감탄임은 두말할 필요가 없다.

설무검과 은자랑은 설영의 말이 한 치도 틀리지 않을 것이라고 생각했다.

자신들이 알고 있는 것을 어째서 중천사세도 알고 있을 것이라는 생각을 하지 못한 것인지 갑자기 마음이 답답해졌다.

　설무검이 중천무림의 천주였던 시절에는 중천군림성 내에 탐밀각(探密閣)이라는 조직을 두어 중천무림 전체를 감시하도록 했었다.

　그러므로 다음 대 중천무림의 천주로 등극하려는 단해룡이 그것을 답습하지 않을 리가 없었다.

　오히려 더 정보를 캐내고 감시를 하느라 애면글면했을 것이 분명할 터이다.

　"그래서 제 생각은 낙성검가가 이미 천추혈의맹의 발호에 대해서 손을 썼을 것 같습니다."

　설영은 중인이 까맣게 모르고 있던 사실을 일깨워 주고는 아예 결론까지 내리고 있었다.

　"이모님, 혹시……."

　그때 마치 단단하기 짝이 없는 바위를 뚫고 오롯이 샘물이 솟아오르듯이 설영이 창령 신니를 보면서 나직하고 상쾌한 목소리로 입을 열었다.

　'이모'라는 부름에 사람들은 의아한 표정을 지었으나, 설영이 창령 신니를 바라보고 있었기 때문에 그녀가 한효령의 사매라서 그렇게 불렀다는 사실을 깨달았다.

　창령 신니는 한효령의 어깨에 기대어 있다가 설영의 '이모'라는 부름에 쓸쓸하면서도 약간 수줍은 미소를 지으며 자세를 바로하며 설영을 바라보았다.

"이모님께서는 현천 진인이 은밀하게 만났던 그 사람의 얼굴을 기억하고 계신가요?"

"어느 정도는……."

창령 신니는 슬픔의 끄트머리에서 아직 헤어나지 못한 얼굴로 표정을 흐렸다.

"그럼 그자의 용모와 행색을 생각나시는 대로 설명해 주실 수 있겠습니까?"

창령 신니는 잠시 생각을 정리한 후에 아직 울음기가 가시지 않은 목소리로 차분하려고 애쓰면서 입을 열었다.

"그자는 사십대 중반의 나이로 보였으며, 키가 크고 당당한 체격에 네모지고 각진 턱을 지녔어요. 그리고 검고 짧은 수염을 길렀는데……."

그녀는 말끝을 흐렸다. 그 사람에 대해서 생각해 내려고 고개를 갸웃거리면서 눈을 깜빡였다.

순간 설영이 가볍게 눈을 반짝 빛냈다. 창령 신니의 설명을 듣고 있는 동안에 불현듯 한 사람의 모습이 뇌리에 선명하게 떠오른 것이다.

그리고 설무검과 은자랑은 설영의 눈이 빛나는 것을 놓치지 않았다.

그래서 두 사람은 잠시 후 설영이 자신들에게 무엇인가 중

대한 사실을 말해줄 것이라고 기대했다.

이윽고 창령 신니는 다시 말을 이었다.

"그래요. 그 사람은 팔이 하나 없었어요. 어느 쪽 팔인지는 모르겠지만 소매가 바람에 펄럭이는 것을 봤어요."

설영의 입가에 흐릿한 미소가 번졌다.

"리아, 가서 지필묵을 가져오너라."

그는 자신의 어깨에 턱을 괸 채 빤히 얼굴을 바라보고 있는 은리의 예쁜 엉덩이를 가볍게 떠밀어 일으켰다.

"네!"

은리는 명랑하게 소리 높여 대답하고는 방을 나갔다가 채 열을 세기도 전에 지필묵을 갖고 돌아와 다시 설영 옆에 찰싹 붙어 앉았다.

스스슥—

어려서부터 시서(詩書)는 물론 그림에도 뛰어난 솜씨를 자랑했던 설영은 붓을 쥐자마자 일필휘지 종이에 무엇인가를 그려 나갔다.

이윽고 그는 그리기를 마치고 그린 그림을 펼쳐 창령 신니에게 보여주었다.

그림을 바라보던 창령 신니는 눈이 동그랗게 커지더니 탄성을 터뜨렸다.

"맞아요! 그자가 틀림없어요!"

은자랑은 그림을 보면서 서릿발처럼 싸늘한 눈빛을 흘렸다.
"음! 장도명 이놈……!"

第九十二章

혈풍전야(血風前夜)

 황의경장을 입고 방립을 눌러쓴 삼백여 명의 고수들이 무리 지어 드넓은 벌판에서 서북쪽을 향해 쏘아가고 있었다.
 놀라운 경공으로 미루어 한결같이 일류고수 이상의 고수들이 분명했다.
 무리의 선두에서 세 명의 인물이 나란히 질주하고 있는데 그중 가운데의 인물이 우두머리인 것 같았다.
 세 사람 다 방립 안의 머리에 머리카락이 없었다. 아니, 그들만이 아니라 삼백여 명 모두 박박 깎은 머리를 감추기 위해서 방립을 쓰고 있었다.

이들은 오늘 새벽 동이 트기 직전에 숭산 소림사를 출발한 천추혈의맹 휘하 소림고수 삼백 명이었다. 즉, 천추고수들인 것이다.

선두의 세 사람. 즉, 소림사의 삼장로인 소림삼공(少林三空)의 얼굴은 돌덩이보다 더 딱딱하게 굳었으며, 눈가에는 옅은 수심이 서려 있었다.

"이 사제."

바로 그때 선두의 가운데에서 달리고 있는 소림삼공의 첫째 자공 대사의 머리를 웅혼하게 울리는 한줄기 음성이 있었다. 마치 머릿속의 잔잔한 호수에 돌멩이 하나를 던진 것 같은 울림이었다.

'장문사형!'

방립 안 자공 대사의 얼굴이 놀라움으로 물들었다. 목소리의 주인이 누군지 즉시 알아차린 것이다.

"듣기만 하게. 지금 즉시 소림 제자가 아닌 자들을 모조리 주살하게. 절대 놈들이 위급신호를 보내지 못하도록 하는 것을 유념하고."

자공 대사의 머리를 울리는 음성은 전음보다 훨씬 심오한 소림의 혜광심어라는 수법이었다.

자공 대사에게 혜광심어를 보낸 사람은 다름 아닌 소림방장 원공 선사였다.

자공 대사는 계속 쏘아가면서 조금 더 기다렸으나 원공 선사의 목소리는 더 이상 들려오지 않았다.

그 즉시 자공 대사는 좌우에서 조금 뒤처져 달리고 있는 소림삼공의 둘째와 셋째에게 은밀히 전음을 보냈다.

"둘째, 셋째, 화산파의 감시자들을 구별할 수 있겠나?"

둘째 영공(靈空)과 셋째 혜공(慧空)은 자공 대사의 느닷없는 물음에 가볍게 놀라는 표정을 지었으나 곧 보일 듯 말 듯 고개를 끄덕였다.

"제자들에게 알려서 노납이 신호를 보내는 즉시 한 명도 남기지 말고 해치우도록 하게. 놈들이 위급신호를 쏘아 올리게 해서는 안 되네."

영공과 혜공은 방금 전보다 더 크게 놀란 표정을 지었지만 역시 사태의 심각함을 깨닫곤 즉시 몇몇 제자들에게 전음을 보냈다.

천추고수로 선발된 소림고수 삼백 명 속에는 삼십 명의 화산파 고수들이 섞여 있었다.

그들의 임무는 한 가지, 소림고수들을 감시하는 것이다. 한 명이 열 명을 감시하는 것이니 그리 어려운 일이라고 할 수는 없었다.

만약 무슨 일이 벌어지면 그들은 즉시 적광탄(赤光彈)을 허공으로 쏘아 올릴 것이다. 그럴 기회를 주지 말고 죽여야만 하는 것이다.

쏴아아ㅡ

삼백여 명의 소림고수들이 파릇파릇 새싹이 돋아 오르고 있는 벌판을 누런 강물이 굽이쳐 흐르듯이 쏘아가는 도중에 대열이 이지러지면서 흩어지는 듯하더니 다시 여러 개로 뭉치기 시작했다.

소림고수들 속에 여기저기 섞여 있던 삼십 명의 화산고수들은 갑자기 근처에서 달리고 있던 소림고수들이 자신들을 에워싸고 있다는 느낌을 받고 어리둥절한 표정을 지으면서 급히 주위를 둘러보았다.

소림고수들이 전후좌우로 바짝 밀착해 오고 있어서 빠져나갈 구멍이 없었다.

그때 선두의 자공, 영공, 혜공 세 사람이 갑자기 몸을 돌려 뒤쪽 세 방향을 향해 쏘아갔다.

"죽여라!"

위잉!

순간 자공이 소림고수 복장을 하고 있는 한 명에게 곧장 쏘아가면서 우수를 쭉 뻗어 항마장(降魔掌)을 발출하며 우렁차게 외쳤다.

거의 같은 순간 영공과 혜공도 두 명의 소림고수를 향해 일장씩 발출하고 있었다.

퍼퍼퍽!

"흐왁!"

"끄악!"

아무것도 모르고 마주 달려오던 세 명의 소림고수는 한결같이 가슴에 일장씩 적중당해 입에서 피를 뿜으면서 뒤로 훌훌 날아갔다.

날아가는 그들의 방립이 벗겨지면서 얼굴이 드러나는데 긴 머리카락이 흩날렸다. 그들은 소림고수가 아닌 감시자들, 즉 화산고수들이었다.

그것을 신호로 갑자기 무리의 여러 곳에서 소림고수들이 일제히 검을 뽑으며 에워싸고 있던 화산고수들을 무차별 주살하기 시작했다.

"크악!"

"크액!"

화산고수 한 명에 적게는 대여섯 명, 많게는 십여 명의 소림고수들이 겹겹이 에워싸면서 느닷없이 맹렬한 협공을 하자 화산고수들은 변변히 반항조차 못한 채 애처로운 비명을 터뜨리며 죽어갔다.

채 세 번의 호흡을 하기도 전에 삼십 명의 화산고수들은 벌판의 새싹 위에 얼굴을 묻고 죽음을 맞이했다.

돋아나는 새싹과 그 위에 뿌려진 피, 그리고 화산고수들의 죽음은 묘한 대조를 이루었다.

한바탕 살육이 끝나자 모두들 자공 대사 주위로 빠르게 모여들었다.

자공 대사가 주위를 두리번거리다가 문득 자신들이 지나왔던 방향 먼 곳에서 하나의 인영이 쏜살같이 이쪽으로 쏘아오고 있는 것을 발견하고 가볍게 표정이 변했다.

자공 대사는 쏘아오는 인영이 비록 온몸이 때에 절고 더러우며 걸레조각 같은 누더기로 하체의 중요한 부위만 겨우 가린 모습이지만, 그가 자신의 사형이며 장문인인 원공 선사라는 사실을 한눈에 알아보았다.

세심동 동혈 안에 갇혀 있던 원공 선사는 오늘 새벽에 운공조식을 하면서 천이통(天耳通)을 발휘하여 밖의 동정을 살피던 중에 소림사에 있던 천 명의 천추고수들이 어디론가 출발하는 기척을 감지했었다.

그보다 두어 시진 전에 설무검이 원공 선사의 금제를 풀어주지 않았었다면, 그는 천이통을 발휘하지도, 철문을 부수고 밖으로 나와서 이곳까지 쫓아오지도 못했을 것이다.

설무검은 구체적인 계획이 서면 다시 오겠다고 했지만, 원공 선사는 천추고수들이 어디론가 떠나는 것을 감지한 상태에서 그들을 쫓아오지 않을 수가 없었다.

천추고수 중에는 소림고수들도 삼백 명이나 포함되어 있

기 때문이었다.

완전히 거지꼴인 원공 선사가 나타나자 소림고수들 중에는 그를 알아보지 못하는 사람이 대부분이었다.

"장문사형을 뵈옵니다!"

자공 대사가 가까이 다가와 멈춘 원공 선사를 향해 예를 취하자 그제야 영공, 혜공을 비롯한 소림고수들은 크게 놀라며 분분히 예를 취했다.

"장문인을 뵈옵니다!"

"어디로 가는 것인가?"

원공 선사는 손을 저어 일어나라는 시늉을 해 보이며 서둘러 물었다.

"낙양성 남문 밖 야산에 대기하고 있으라는 현천 진인의 전갈을 받았습니다."

"그 이후에는?"

자공 대사의 대답에 원공 선사가 다시 물었다.

"그곳에서 종남, 청성, 화산파의 천추고수들과 합류한 후 성 내로 잠입하게 될 것입니다. 저도 거기까지밖에는 모릅니다. 하지만 최종 명령은 성내에 잠입한 후에 알려주겠다고 했습니다."

소림사에 머물던 천추고수들은 소림사, 종남파, 청성파의 삼백 명씩과 화산파의 구십 명, 도합 구백구십 명이었다.

화산파의 고수 구십 명은 삼십 명씩 나누어 소림과 종남, 청성파의 천추고수들을 감시하는 역할을 수행하고 있었다. 화산고수들은 천추고수인 동시에 감시자였다.

오늘 새벽에 소림사를 출발한 그들은 천여 명이 한꺼번에 이동하면 눈에 쉽게 띄기 때문에 각기 세 무리로 나누어 낙양성으로 향했으며, 구십 명의 화산고수들도 삼십 명씩 세 무리에 분산한 상태였다.

자공 대사가 공손히 말을 이었다.

"본 파에 머물고 있던 각파의 장문인들은 각기 자파의 천추고수들을 인솔하기 위해서 밤사이에 낙양성으로 먼저 출발했습니다. 그런데……."

그가 말끝을 흐리자 원공 선사는 뭔가 불길한 느낌을 받았다.

"무슨 일이 있었나?"

"아미파의 창령 신니가 밤사이에 감쪽같이 사라진 것이 확인됐습니다."

"창령 신니가?"

"다른 장문인들과 함께 출발하기로 약속이 되어 있었던 모양이던데, 창령 신니가 사라진 사건 때문에 한동안 작은 소란이 있었습니다."

원공 선사는 문득 머리를 스치는 것이 있었다. 아마도 설무검이 창령 신니를 데려갔을 것이라고 생각했다. 이유는 모르지만 그럴 가능성이 가장 컸다.

"장문사형."

자공 대사가 생각에 잠긴 원공 선사의 표정을 조심스럽게 살피면서 입을 열었다.

"무당의 현우 진인(玄羽眞人)과 화산파의 태을노군(太乙老君)이 본 파의 제자들 오백여 명을 이끌고 우리 뒤에서 따라오고 있을 것입니다."

현우 진인과 태을노군은 무당파의 장로들로서 현천 진인의 사제들이었다.

"본 파 제자들을?"

원공 선사의 때 낀 얼굴에 초조함이 떠올랐다.

"그들의 목적지도 낙양성인가?"

자공 대사는 암울한 표정을 지었다.

"그럴 것이라고 추측합니다."

그는 씁쓸한 표정으로 변명 아닌 변명을 했다.

"팔파일방 장문인들끼리는 똘똘 뭉쳐 자기들끼리 쑥덕거리면서도 소승이나 본 파 사람들에게는 입을 굳게 다물고 있어서 아무것도 알지 못하는 상황입니다."

그는 송구한 듯 깊이 허리를 굽혔다.

"죄송합니다, 장문사형."

그가 허리를 굽히자 영공과 혜공도 좌우에서 덩달아 죄스러운 얼굴로 허리를 굽혔다.

"아닐세, 자네들 잘못이 아냐."

원공 선사는 자신이 금제를 당한 채 오랫동안 세심동에 갇혀 있었기 때문에 사제들과 소림 제자들이 변변히 맥을 추지 못한 채 천추혈의맹에 끌려 다닐 수밖에 없었다는 사실을 잘 알고 있었다.

그가 감금되어 있는 동안 세 명의 사제 소림삼공들이 번갈아가면서 세심동에 찾아왔었다.

그러나 그들은 철문에 채워져 있는 커다란 쇄약을 열지도 못해서 그저 철문 밖에서 원공 선사와 몇 마디 대화만 나누다가 돌아가기 일쑤였다.

원공 선사는 잠시 생각하다가 이윽고 영공 대사와 혜공 대사에게 지시했다.

"지금부터는 삼사제와 사사제 둘이서 여기 있는 제자들을 이끌도록 하게. 그리고 여기서부터는 다섯 명씩 작은 조로 나누어 낙양성으로 향하되, 도착하는 즉시 성내로 들어가서 칠의문으로 찾아가게. 신분을 밝히면 들여보내 줄 게야. 이후 그곳에서 나를 기다리게."

"알겠습니다."

영공과 혜공은 공손히 고개를 숙였다.

"이사제는 나와 함께 가세."

말과 함께 원공 선사는 이미 동남쪽 소림사 방향을 향해 쏘아가고 있었다.

자공 대사는 즉시 신형을 날려 전력으로 원공 선사를 따라붙으며 물었다.

"장문사형, 혹시 뒤따라오는 본 파 제자들에게 가시려는 것입니까?"

"그렇네."

원공 선사는 짧게 대답한 후 전력으로 질주하며 이후 입을 굳게 다물었다.

자공 대사는 쏘아가면서 힐끗 뒤를 돌아보았다. 영공과 혜공이 소림고수들에게 지시를 내려 다섯 명씩 조를 나누고 있는 광경이 보였다.

*   *   *

낙양성에서 서북쪽으로 오십여 리 거리에 있는 아담한 산 망산(邙山).

동서 삼십여 리, 남북 사십여 리의 그리 크지 않은 망산은 서쪽만 제외하고는 전역이 발 디딜 틈조차 없이 수십만 개의 무덤들이 빼곡하게 들어차 있었다.

망산은 북망산(北邙山)이라는 이름으로 더 유명하다. 예로부터 풍수지리학적으로 명당이라는 소문이 나서 많은 왕후장상들이 그곳에 무덤을 썼는데, 세월이 흐르면서 너도나도 앞다투어 망산에 무덤을 만드는 바람에 지금은 온산이 무덤천지가 된 상태였다.

무덤이 가득한 망산의 동, 남, 북쪽과는 달리 서쪽 완만한 능선에는 단 하나의 무덤도 없다. 서쪽에는 무덤을 쓰지 않는다는 관습 때문이었다.

대신 하늘이 보이지 않을 정도로 잡목들과 넝쿨, 키 큰 억새풀 따위가 울창한 숲을 형성하고 있어서 대낮에도 숲 속에 들어가면 저녁나절인 양 어두컴컴했다.

그곳 언덕의 위쪽 큼직하고 넓적한 바위에 두 명의 인물이 나란히 서 있었다.

청의 도포를 입은 후리후리한 키의 노도사와 전신을 흑포로 감싼 우람한 체구의 중년인이었다.

"무량수불…… 과연 장 도우는 약속을 지켰구려."

노도사는 언덕 아래를 굽어보면서 나직한 불호를 외우며 흡족한 표정으로 중얼거렸다.

노도사 옆에 철탑처럼 우뚝 서 있는 흑포중년인은 입을 굳게 다문 채 무표정한 얼굴로 일관했다.

노도사는 무당 장문인 현천 진인이었고, 흑포중년인은 사도지존 사패황이었다.

 현천 진인은 언덕 아래를 굽어보면서 내심 감탄을 금치 못하고 있었다.

 보라. 그가 서 있는 비스듬한 언덕 아래 울창한 숲에는 헤아리기조차 힘들 정도의 수많은 고수들이 한쪽 무릎을 꿇고 앉은 자세를 취한 채 현천 진인 쪽을 향하고 있었다.

 대충 잡아도 족히 십만은 될 듯한 어마어마한 수였다. 그렇지만 숨소리조차 들리지 않았다. 그들이 웅크리고 있으니 마치 숲의 일부처럼 보였다.

 "모두 몇 명이오?"

 현천 진인은 오랜 숙원이 지금 당장 이루어지기라도 할 것처럼 흐뭇한 미소를 지으며 물었다.

 "이십오만이오."

 현천 진인의 입이 더 벌어졌다. 자신은 대충 둘러보고 십만 정도라고 생각했는데, 그보다 두 배 반이나 많은 이십오만이라고 하니 입이 벌어질 수밖에 없었다.

 그는 다시 한 번 눈을 들어 운집한 고수들을 끄트머리까지 쳐다보면서 속으로 수를 가늠해 보았다.

 그랬더니 과연 보이는 자들만 십오만쯤은 될 듯했다. 그렇다면 시선 밖에 있거나 숲에 가려져서 보이지 않는 자들까지 합하면 사패황의 말대로 이십오만은 족히 될 터이다.

"실례지만 도우의 존성대명은 어찌 되시오?"

문득 현천 진인은 오늘 처음 보는 사패황에 대해서 궁금한 듯 물었다.

"사패황이오."

현천 진인으로서는 한 번도 들어본 적이 없는 별호였다. 하지만 어쨌든 상관없는 일이다.

"도우께서 이들을 지휘하는 것이오?"

"그렇소."

"잘 부탁하오."

현천 진인은 사패황에게 가볍게 고개를 숙였다. 정파 내에서도 자존심이 세기로 유명한 그로서는 작은 파격이었다. 그러나 내일의 거사를 성공시키기 위해서라면 이보다 더한 굴신(屈身)도 할 수 있는 그였다.

그러나 사패황은 답례도 대꾸도 하지 않았다. 아예 현천 진인을 무시하는 듯 쳐다보지도 않고 산 아래 쪽에 시선을 던진 채 꿈쩍도 하지 않고 있었다.

그렇지만 이 정도에 기분을 망치거나 대사를 그르칠 현천 진인이 아니다.

오히려 그는 다시 한 번 고개를 숙였다. 이번에는 아예 조금 더 깊이 숙였다.

"그럼 내일 봅시다. 다시 한 번 말하지만 시간을 정확하게 지켜주시오."

사패황은 여전히 뻣뻣하게 선 채 대답하지 않았다.

대답을 하거나 말거나 현천 진인은 개의치 않고 다시 한차례 이십오만 사파 고수들을 둘러보았다.

그러다가 가볍게 미간을 좁혔다.

'장도명이라는 자가 자신이 거느리고 있는 사파 고수들은 하나같이 일류 급 이상이라고 했는데, 설마⋯⋯.'

그는 이들을 시험해 보고 싶다는 생각이 불현듯 들었다. 조력자라는 자들이 오합지졸이라면 이십오만이 아니라 이백오십만 명이라고 해도 한낱 진개(塵芥)일 뿐이다.

스웃!

순간 현천 진인은 가볍게 어깨를 흔들어 바위에서 슬쩍 떠올랐다가 대열의 전면에 늘어앉아 있는 사파 고수들을 향해 선 자세로 비스듬히 내리꽂혔다.

이어서 우장을 내밀어 무당파의 성명장법인 쇄룡수(鎖龍手)의 일장을 사파 고수 한 명을 향해 발출했다.

휘이잉!

그의 이 갑자 공력 중 절반인 육십 년의 공력이 실린 쇄룡수지만, 능히 바위를 부술 만한 위력을 지니고 있는 장풍이 대열의 맨 앞줄 가운데 앉아 있는 사파 고수 한 명을 향해 산악 같은 기세로 무섭게 뿜어져 갔다.

그러면서 그는 문득 일개 사파 고수를 상대로 너무 위력적인 공격을 한 것이 아닌가 하고 내심 조금 걱정을 했다.

그러나 그것은 그의 완전한 기우이고 오판이었다는 사실이 곧이어 드러났다.

슈욱!

그가 표적으로 삼았던 사파 고수가 앉은 자리에서 아무런 준비동작도 없이 번쩍 위로 솟구쳐 올라 쇄룡수를 너무도 가볍게 피해 버린 것이다.

그런데 그뿐이 아니었다. 그자의 좌우에 있던 두 명도 동시에 솟구쳤다.

퍽!

현천 진인이 흠칫 하는 사이에 쇄룡수는 땅에 적중되며 흙이 튀어 올랐다.

쉬이익!

차차창!

다음 순간 허공 일 장 반 높이로 솟구쳤던 세 명의 사파 고수들이 정면과 좌우로 쫙 갈라지면서 현천 진인을 향해 곧장 쏘아오며 어깨의 도검을 뽑았다.

'이런······.'

현천 진인은 내심 적잖이 놀랐다. 하찮은 사파 고수로만 여겼던 자가 자신의 쇄룡수를 피하는 것은 물론이고 반격까지

해오고 있는 것이 아닌가.

그뿐인가. 쏘아오는가 싶었는데 그들 세 명은 어느새 현천 진인의 전면과 좌우 세 방향 이 장 거리까지 쇄도하면서 공격을 퍼붓고 있었다.

콰우웃!

세 명의 검이 허공을 가르는 음향이 마치 야수의 포효처럼 현천 진인의 고막을 떨어 울렸다.

'건방진!'

방금 움찔 놀랐던 현천 진인의 눈초리가 치켜 올라갔다. 사파 고수 따위가 자신에게 반격을 해온다는 사실에 자존심이 크게 상한 것이다.

그래서 그는 전력을 발휘하여 이 세 명을 따끔하게 혼내주어 본보기로 삼을 생각이었다.

정파, 특히 무당파의 무공이 어떤 것인지 실감하고 나면 함부로 덤벼든 것을 뼈저리게 후회하리라.

그러면서도 그는 여전히 어깨에 메고 있는 검을 뽑을 생각은 하지 않았다.

그러나 그는 곧 검을 뽑지 않은 것을 후회했다. 뼈저린 후회는 세 명의 사파 고수가 아닌 그 자신이 하게 되었다.

쐐애액!

사파 고수들의 세 자루 검이 각기 다른 위력과 변화를 구사

하면서 현천 진인의 머리와 어깨, 옆구리를 향해 무서운 속도로 쏘아왔다.

사파 특유의 단조롭고도 잔인, 사악한 초식이 아니라, 중후하면서도 다변이 담겨 있는 정통의 초식이었다.

'저것은?!'

현천 진인은 세 명의 공격이 상상했던 것 이상으로 빠르고 위력적인 것에 놀랐고, 그중 한 명의 검법이 무척 눈에 익어서 더욱 놀라고 말았다.

'본 파의 연천섬광검법(連天閃光劍法)!'

그의 눈이 잘못된 것이 아니었다. 그것은 분명히 무당파 절학 중 하나인 연천섬광검법이었다.

실로 경악할 일이었다. 무당파에서도 일대제자 이상 몇 안 되는 사람만 익힐 수 있는 검법을 어떻게 이곳에서 처음 만난 사파 고수가 전개하고 있다는 말인가.

더구나 그 검법의 본산이라고 할 수 있는 무당파의 장문인이 사파 고수가 전개하는 그 검법에 공격당하고 있으니 기가 막힐 노릇이었다.

그건 그렇고, 이미 세 명의 공격이 반 장 이내로 쇄도하고 있으니 우선 피해야만 될 일이었다.

후욱!

현천 진인은 최대한 공력을 끌어올리면서 순간적으로 뒤

로 반 장가량 물러났다가 어깨의 검을 뽑는 것과 동시에 세 명을 향해 다시 덮쳐 가면서 태극혜검법(太極慧劍法)의 칠성회두(七星廻斗) 초식을 발휘하여 검을 맹렬히 그으며 세 줄기 검기를 발출했다.

파아앗!

천공에서 떨어진 세 개의 유성이 허공을 가르듯, 번뜩이는 세 줄기 검기가 세 명의 사파 고수를 향해 부채를 활짝 펼치듯이 뿜어져 갔다.

현천 진인은 이번 공격에 그들 세 명에게 중상을 입히거나 물리칠 수 있을 것이라고 확신했다.

그러면서 그럴 필요까지는 없는데 너무 강하게 반격을 하는 것이 아닌가 하고 또다시 약간의 후회가 밀려들었다.

꺼껑!

그런데 두 명은 가볍게 검을 휘둘러서 쏘아오는 검기를 튕겨냈고, 한 명은 상체를 비틀어 피하고는 재차 공격해 오는 것이 아닌가.

"……."

자신의 이번 공격이 성공할 것이라 여기고, 오히려 후회까지 했던 현천 진인의 얼굴에 놀라다 못해서 어이없는 표정이 가득 떠올랐다.

키이잇!

쐐애액!

그러는 사이에 세 명의 사파 고수가 득달같이 쉴 틈도 주지 않고 공격을 해왔다.

거리가 너무 가까웠기 때문에 네 사람은 그때부터 한데 뒤엉켜 진검으로 치열한 싸움을 벌이기 시작했다.

카카카카캉!

채채채챙!

네 자루 도검이 부딪치면서 번쩍번쩍 불꽃이 튀고 무기끼리 부딪치는 날카로운 음향이 사자들만의 안식처인 고요한 망산을 깨워 일으켰다.

그런데 채 오초식이 지나기도 전에 놀랍게도 현천 진인이 뒤로 밀리기 시작하더니 급기야 등이 바위에 닿고 말았다. 더 이상 물러날 곳이 없었다.

만약 현천 진인이 무림의 일류고수 세 명과 싸운다면 삼십 초식 이내로 제압할 수 있을 것이다. 그런데 지금 그는 채 오초식 만에 밀려나고 만 것이었다.

더구나 믿어지지 않는, 아니, 믿기 싫은 광경을 현천 진인은 발견하고 말았다.

세 명의 사파 고수들이 전력을 다하지 않고 있다는 사실을 깨달은 것이었다.

온몸의 기운이 쭉 빠졌다. 시험을 한답시고 자신이 왜 먼저 싸움을 걸었는지 후회막급이었다.

더구나 조용하기 짝이 없는 망산에서 요란한 무기 부딪치는 소리가 터져 나오고 있으니, 이러다가 혹시라도 대사를 그르치게 될까 봐 두려운 마음도 생겼다.

본래 대업을 이루려는 인물은 뛰어난 실력과 재주, 두뇌 등을 두루 갖추어야만 하는 법이다.

그런데 현천 진인에게는 그런 것들이 없었다. 대신 머릿속에는 야심만 가득 차 있었다.

"물러서라."

그때 사패황이 나직이 중얼거리자 세 명의 사파 고수들이 순식간에 물러나 원래의 자리로 돌아갔다.

만약 조금만 더 몰아붙였더라면 현천 진인은 낭패한 꼴을 당하고 말았을 터이다.

바위 아래에 혼자 우두커니 서 있는 현천 진인은 수치스러움 때문에 죽고 싶은 심정이었다.

그러나 대부분의 교활한 심성을 지닌 사람들이 그렇듯이, 그 역시 철면피적인 기질을 지니고 있었다.

"어… 헛헛헛! 못 미더워서 잠시 시험해 봤더니 과연 마음에 드오! 훌륭하오!"

그는 될 수 있는 한 사패황이나 사파 고수들을 쳐다보지 않으려고 애쓰면서 몇 걸음 옮기다가 언덕 위를 향해 번개같이 신형을 날렸다.

"그럼 내일 정확하게 시간을 지키시오."

그리고 그 말을 잊지 않았다.

현천 진인이 사라진 망산 서쪽 기슭에는 괴괴한 적막이 감돌고 있었다.

문득 사패황이 조금 전에 현천 진인과 싸웠던 세 명을 굽어보며 가볍게 고개를 끄덕였다.

"잘했다."

그러자 세 명의 입가에 흐릿한 미소가 피어났고 눈이 득의함으로 번들거렸다.

사실 그들은 장도명이 심혈을 기울여서 키운 천사십진의 제 일진(一陣)이었다.

천사일진은 단 열 명뿐이다.

그것은 천사십진 만 팔천 명 중에서 가장 고강한 열 명이라는 의미다.

사패황은 현천 진인보다 한 수 위의 절정고수라고 할 수 있다. 그런 그조차도 천사일진의 두 명과 싸우면 백 초 이내에 패하고 만다.

그런데도 현천 진인이 천사일진, 즉 사일고수(邪一高手) 세 명을 상대로 싸웠으니 더 심한 낭패를 당하지 않고 돌아간 것이 다행이었다.

그때 사패황이 대열의 맨 앞줄 열 명의 사파 고수들. 즉, 사일고수들을 굽어보며 가볍게 고개를 끄덕였다.

"퇴각시켜라."

그러자 사일고수 열 명이 즉시 일어나 아래쪽으로 명령을 하달했다.

천사일진 열 명은 천사십진 만 팔천 명의 실질적인 지휘자들이었다.

이후 망산에 운집했던 이십오만 명은 땅거미가 깔리듯이 추호의 기척도 없이 산을 떠나기 시작했다.

사실 이곳에 모여 있던 이십오만 명 중에서 사파 고수는 천사십진 만 팔천 명에 불과했다. 나머지 이십삼만여 명은 전부 녹림 무리들이었다.

반 시진 후 그곳에는 천사십진, 즉 천사십대고수들만 남았다.

사패황은 장도명의 명령으로 순전히 현천 진인에게 한차례 보여주기 위해서 이십삼만여 명의 녹림 무리들을 이곳 망산의 서쪽 숲 속에 운집시킨 것이었다.

지금 이곳에 남아 있는 만 팔천여 명의 천사십대고수들을 제외한 나머지 이십삼만 여 녹림 무리들은 말 그대로 오합지졸이고 쭉정이들이었다.

현천 진인은 운 나쁘게도 맨 앞줄의 천사일진을 시험 상대로 골랐던 것이다.

 원래 장도명은 천추혈의맹의 실질적인 맹주인 현천 진인과 암중에 손을 잡았었다.

 아니, 장도명이 현천 진인과 손을 잡을 시기에 천추혈의맹은 아직 발족하지 않았었다.

 정파의 기둥이자 구파일방의 하나인 무당파의 장문인이 해적두령이며 사파의 총사인 장도명과 손을 잡는다는 것은 있을 수 없는 일이었다.

 그러나 사실 장도명이 없었다면 현천 진인은 천추혈의맹을 조직할 엄두도 내지 못했을 것이다.

 원래 현천 진인은 삼천무림을 몰아내고 천하 무림을 구파일방의 세상, 즉 '구파일방지세'로 환원시키려는 원대한 꿈을 품고 있었다.

 그러나 그것은 단지 꿈일 뿐, 그에게는 그것을 실현시킬 힘이 턱없이 부족했었다.

 바로 그때 그의 앞에 나타난 사람이 장도명이었다.

 현천 진인은 장도명의 박학다식함에 크게 감탄했으며, 사랑과 은혜를 널리 베풀어 천하창생을 구제하려는 그의 박시제중(博施濟衆)한 대의에 존경을 금치 못했다.

 장도명에게 크게 매료된 현천 진인은 그가 사파의 해적두령이고 사파의 총수라는 사실은 별로 개의치 않았다.

천하창생을 구제하는 원대한 대업에 사파와 녹림을 단지 도구로 사용할 뿐이고, 나중에는 사파와 녹림마저도 감화시켜서 새사람으로 만들겠다는 장도명의 감언이설에 흠뻑 취해 버렸기 때문이었다.

마침내 현천 진인은 장도명과 의기투합하여 자신은 무림을 구하고, 장도명은 천하창생을 구제하자고 굳게 맹세했었다.

장도명이 있는 한은 삼천무림을 괴멸시키고 그 위에 구파일방이 중심이 되는 무림, 즉 구파일방지세를 이룩하는 것이 결코 꿈이 아니었다.

그리고 현천 진인은 조금 전에 장도명의 진실한 힘, 즉 이십오만대군을 직접 눈으로 보았다.

이제 중천무림을 총공격하는 천추혈의맹 뒤에서 그들이 전폭적인 지원을 해준다면, 구파일방지세는 머지않아 현실로 나타날 것이 분명했다.

그러나 그는 그들 이십오만대군이 오합지졸일 줄은 까맣게 모르고 있었으며, 더구나 그들마저도 전시용으로 한 번 슬쩍 보여주는 것을 끝으로 사라져 버릴 줄은 꿈에서조차 상상하지 못했다.

"가자."

그때 사패황이 나직이 명령하자 그나마 남아 있던 만 팔천 명의 천사십진도 빠르게 망산을 떠나기 시작했다.

그러나 먼저 떠난 사파 고수들이 자신들의 방, 문파로 뿔뿔이 흩어진 것과는 달리, 이들 천사십진에겐 다른 막중한 임무가 있었다.

그 임무가 천추혈의맹을 지원하는 것이 아니라는 사실만은 명백하다.

第九十三章

절대천마공(絕對天魔功)

"낙성검가 총관 풍우검 함붕의 가족이 낙양성에 살고 있지 않는 것으로 확인됐습니다."

지란루에 있는 설무검에게 여룡단 등발이 찾아와서 공손히 보고를 하고 있었다.

"속하가 알아본 바에 의하면 함붕은 노모와 아내, 세 명의 자식이 있으며, 성내 태평로 끝자락에 살고 있었다고 합니다. 그런데 반년 전부터 그의 가족이 마을에서 보이지 않았다고 하는군요."

설무검은 태사의에 깊숙이 몸을 묻고 있었고, 은자랑은 그

옆에 앉았고, 결사칠위의 우두머리인 금록이 설무검 뒤에 우뚝 서 있었으며, 등발은 단하에 설무검을 향해 허리를 굽힌 채 보고를 계속했다.

"속하가 주위 사람들에게 알아보니 누군가 함붕의 가족을 언사현(偃師縣)에서 보았다고 합니다."

언사형은 낙양성에서 동쪽으로 오십여 리 떨어진 곳에 있는 현이다.

은자랑이 설무검을 보면서 조심스레 입을 열었다.

"저는 무슨 이유에서인지는 몰라도 함붕이란 자가 가족을 빼돌린 것 같다는 느낌이 드는군요."

설무검이 대답이 없자 등발이 다시 보고를 이었다.

"그리고 현재 함붕이 성내에서 누군가와 비밀리에 만나고 있는 중입니다."

은자랑이 즉시 물었다.

"개방 낙양 분타주 취운개라는 자가 아니냐?"

"아닙니다. 서생 같은 분위기의 인물입니다."

여태 침묵을 지키고 있던 설무검이 즉시 입을 열었다.

"금록, 함붕이 만나고 있는 자와 헤어지면 조운과 협력하여 함붕과 그자, 그리고 개방 낙양 분타주 취운개를 제압해서 각기 따로 데려오라고 전해라."

"존명."

금록은 대답하고 즉시 방 밖으로 달려나갔다.

"등발, 너는 수하들을 데리고 언사현으로 가서 함붕의 가족을 확보하여 다른 안전한 장소에 감금하라."

등발은 설무검으로부터 최초로 명령다운 명령을 받고는 자신의 귀를 의심할 정도로 신이 났다.

"알겠습니다."

"이후 함붕의 처를 이리 데리고 와라."

"명을 받듭니다!"

소리 높여 대답한 등발은 엉덩이에서 비파 소리가 나도록 부리나케 달려나갔다.

실내에는 설무검과 은자랑만 남았다. 나란히 앉은 두 사람은 각자 자신의 깊은 생각에 잠겨 있었다.

"아무래도 함붕이란 자가 낙성검가를 배신한 것 같지요?"

문득 은자랑이 설무검을 보며 조심스레 입을 열자 그는 가볍게 고개만 끄덕였다.

"함붕이 대체 누굴 위해서 일하고 있을까요? 혹시 천추혈의맹이 아닐까요?"

"랑아."

"네?"

설무검이 오랜만에 입을 열자 은자랑은 반색하며 얼른 대답을 했다.

　설무검은 팔을 뻗어 은자랑의 머리를 가볍게 쓰다듬으며 타이르듯 말했다.

　"너는 예나 지금이나 말이 많구나."

　"에?"

　"조용히 있어라. 생각 좀 정리하자꾸나."

　"네……."

　은자랑은 고개를 숙이고 얌전한 표정을 지었다. 그래도 그녀는 설무검이 자신의 머리를 쓰다듬어 주었다는 사실이 은근히 기뻤다.

　천하의 은자랑도 설무검 앞에서는 그저 고분고분 면수첩이(俛首帖耳)할 뿐이다.

　그때 문이 벌컥 열리면서 한 명의 중년 여인이 들어서 빠르게 다가와 단하에서 은자랑을 향해 허리를 굽혔다.

　"단주."

　그녀는 하나의 커다란 살덩이가 움직이는 듯한 두루뭉술한 체구의 사십대 여인이었다.

　온몸을 금색 비단으로 감쌌으며, 머리에는 금빛의 관을, 손에는 금색 부채를 쥐고 있었다. 모든 것이 금색이지만 몸뚱이와 살집 좋은 얼굴은 그것들과는 조금도 어울리지 않는 부조화를 이루고 있었다.

그녀가 바로 봉황단 백봉령루의 우두머리이며 은자랑의 심복 중 한 명인 백봉령(百鳳靈)이었다.

은자랑은 백봉령의 부름에 급히 길고 가느다란 검지손가락 하나를 세워 입에 대며 조용히 하라는 손짓을 보냈다. 방금 전에 설무검에게 조용히 하라고 핀잔을 들은 그녀인지라 바짝 긴장하고 있었다.

그런데 이번에는 설무검이 가볍게 고개를 끄덕이며 백봉령을 쳐다보았다.

"무슨 일인가?"

백봉령은 설무검에게 예를 취하려고 너무 뚱뚱해서 굽혀지지 않는 허리를 굽히기 위해서 버둥거리다가는 결국 단념하고 사내처럼 우렁우렁한 목소리로 공손하려고 애쓰는 목소리로 입을 열었다.

"중천사세와 중천칠지파의 고수들이 성을 빠져나가고 있는 것을 확인했습니다."

은자랑의 눈이 빛을 발했다.

"역시 영아의 말대로 중천사세는 천추혈의맹을 알고 있는 것은 물론이고 움직임까지 세세히 주시하고 있었군요."

백봉령이 보고를 이었다.

"확인된 바로는 낙성검가를 비롯한 중천사세에서 백 명씩 삼백 명. 중천칠지파에서 삼백 명씩 이천백 명. 도합 이천사백 명이 선발되어 낙양성 동, 서, 남 세 개의 성문으로 빠져나갔습니다."

"어떤 식으로 가더냐?"

"사람들의 눈을 의식하지 않는 것 같았습니다. 그들은 각 방, 문파에서 나와 질서있게 대오를 이루어 곧장 성문을 통해 밖으로 나갔습니다."

"사람들의 눈을 의식하지 않는다……."

은자랑은 나직이 중얼거렸다. 그러나 그녀는 더 큰 의문 때문에 그 생각을 그만두었다.

천추혈의맹은 천추고수 삼천 명이 지금 낙양성으로 몰려오고 있는 중이다.

그리고 그 뒤에 최소한 오륙천에 달하는 구파일방 고수들이 더 몰려올 것이 거의 확실하다.

그런데 중천무림은 겨우 이천사백 명으로 그들을 대적하려는 것이다.

"겨우 이천사백 명으로 천추혈의맹을 상대하려 들다니… 단해룡은 천추혈의맹을 토벌(討伐)하려는 것이 아닌가?"

은자랑은 자신도 모르게 마음속의 생각을 입 밖으로 중얼거리면서 고개를 갸웃거렸다.

"천추혈의맹이 낙양성 내로 진입하지 못하게 하고 성 밖에서 토벌하려는 의도인 것 같은데… 이것은 도무지 이해가 되지 않는군요."

낙양성은 중천무림의 한복판 심장부다. 그러므로 단해룡이 낙양성을 전쟁터로 만들지 않으려고 하는 것은 당연한 일일 터이다.

"철혈풍운군이다."

그때 갑자기 설무검이 손바닥으로 자신의 무릎을 가볍게 치면서 생각났다는 듯 중얼거렸다.

"아! 그렇군요……!"

은자랑도 철혈풍운군에 대해서 설무검에게 들어 알고 있었다.

화운비의 말에 의하면, 육 년 전에 중천사세에서 각기 백 명씩의 일류고수들을 엄선하여 사백 명을 만들어 비밀스러운 장소에서 중천사세 지존들의 성명절학을 집중적으로 전수, 최강의 고수로 둔갑시켰다고 한다.

그러나 화운비는 철혈풍운군에 대해서 알고 있는 것이 그것뿐이었다.

그들이 있는 장소나 그밖의 것들에 대해서는 아무것도 모르고 있었다.

"철혈풍운군으로 천추혈의맹을 상대하려는 것이 분명해요. 음! 과연 그렇군요."

은자랑이 거듭 고개를 끄덕이면서 자신의 말을 확신했다.

철혈풍운군. 즉 철군, 혈군, 풍군, 운군 각 백 명씩의 고수들은 단 두 명이 중천사세의 지존들과 맞먹는 무위를 지니고 있다고 했다.

그들 사백 명이 한꺼번에 출동한다면, 천추혈의맹을 토벌하고도 남음이 있을 것이다.

"한 가지 놀라운 사실이 더 있습니다."

그때 보고할 기회를 노리고 있던 백봉령이 조심스럽게 입을 열었다.

"무엇이냐?"

"이번 토벌에 설란궁에서도 백 명의 고수를 파견했습니다. 설란궁에서 총관 한빙이 이끄는 백 명의 은의고수(銀衣高手)들이 나와서 남문을 통해 성 밖으로 나가는 것을 분명히 확인했습니다."

은자랑은 반사적으로 설무검을 바라보았다.

설란궁의 궁주인 설란후 정지약이 과거에 설무검의 연인이었다는 사실은 모르는 사람이 없다.

그녀는 설무검이 강제적으로 중천무림에서 축출된 후 거의 봉문을 하다시피 설란궁 문을 굳게 닫은 채 일체의 출입을 하지 않았었고, 설란궁 사람들은 어떠한 일에도 개입을 하지 않았었다.

설무검이 어떻게 측근들에게 배신을 당했는지 알고 있는

사람들은, 설란후 정지약의 그런 행동을 설무검에 대한 '용서를 비는 마음'으로 여겨왔던 것이 사실이고, 그러는 것이 당연하다고 생각했었다.

그렇지만 그녀의 그런 행동이 과연 용서를 받을 수 있을까라는 것에는 다들 회의적이었다.

은자랑은 설무검의 검미가 가볍게 찌푸려져 있으며 얼굴에 못마땅한 듯한 엷은 표정이 떠올라 있는 것을 발견하고 약간 가슴이 뛰었다.

설마 그럴 리는 없겠지만, 설무검 마음에 아직도 설란후에 대한 미진한 감정 같은 것이 남아 있지 않을까 조금쯤은 염려하던 은자랑이었다.

그런데 방금 백봉령의 보고에 설무검이 눈살을 찌푸리는 것을 보고 은자랑은 자신의 염려가 기우였다는 것을 깨닫게 되었다.

"무슨 뜻일까요? 칠 년 동안 침묵을 지키고 있던 설란궁이 느닷없이 중천사세에 협조를 하는 것이……."

은자랑이 깊은 생각에 잠긴 표정으로 조용히 중얼거리자 설무검은 찌푸렸던 얼굴을 펴면서 평소의 표정으로 은자랑을 쳐다보았다.

"랑아, 설란궁에 너희 세작(細作:첩자)이 있느냐?"

"네."

"그를 통해서 최대한 빨리 어떻게 된 일인지 알아내도록 해다오."

은자랑이 백봉령을 쳐다보자 그녀는 고개를 숙이고는 뒤뚱뒤뚱 밖으로 나갔다.

은자랑은 약간 어두운 표정을 지었다.

"그렇지만 설란후가 무엇 때문에 칠 년 만에 갑자기 마음을 바꾸어 중천오세에 복귀하려는 것인지 알아내기는 어려울 거예요. 세작들은 눈으로 보고 귀로 듣는 표면적인 사실들만 알아내서 보고를 하기 때문에……."

"랑아, 그녀의 모친이 폐관 중이었다."

설무검이 은자랑의 말을 끊었다.

"네?"

은자랑은 가볍게 움찔했다. 그녀는 수많은 보고들을 접했었지만 설란후의 모친이 폐관을 하고 있는 중이라는 내용은 금시초문이었다.

설무검은 문득 씁쓸한 표정을 지었다.

그의 얼굴을 살피던 은자랑은 그가 후회를 하고 있다는 사실을 깨달았다.

절대자 설무검에게는 보기 드문 일이었다. 그는 원래 후회를 모르는 사람인 것이다.

"랑아, 너는 혹시 절대천마공(絶對天魔功)이라는 말을 들어

본 적이 있느냐?"

설무검이 한숨처럼 나직이 중얼거리자 은자랑의 안색이 확 급변했다. 그녀는 자신의 귀를 의심했다.

"오백여 년 전 천하를 피로 씻었던 혈천마신(血天魔神)의 절대천마공을 말씀하시는 것인가요?"

"그렇다."

은자랑은 불길한 예감을 느끼면서 입을 열었다.

"물론 알고 있어요. 절대천마공을 완벽하게 연성하면 천하에 대적할 무공이 없으며, 그것을 익힌 사람은 마중마(魔中魔), 즉 마인으로 변한다고 하더군요."

은자랑은 설무검의 표정이 조금 더 씁쓸하게 변하는 것을 발견하고 자신의 불길함이 적중할 것 같다고 예감했다.

"내가 직접 확인한 바로는, 정지약의 모친인 선희빈이 절대천마공을 익히고 있는 것 같았다."

"……"

은자랑은 너무 놀라서 말문이 막혔다. 잠시의 침묵이 흐른 후 그녀는 억눌린 듯한 목소리로 겨우 물었다.

"그게… 정말인가요?"

설무검이 말했으니 필경 사실일 것이지만, 그래도 그녀는 사실이 아니기를 간절히 원했다.

"사실일 것이다."

"아……."

은자랑은 앉은 자리가 한없이 밑으로 꺼지는 듯한 절망감을 느꼈다.

오백 년 전, 혈천마신은 천하를 종횡하면서 무려 오만에 이르는 무림인들을 죽였다. 아니, 살육했다.

그리고 무림은 사라졌다. 오직 혈천마신의 천하만이 존재했다.

그의 목적은 천하쟁패 같은 것이 아니었다. 절대천마공을 극한까지 연공한 그는 극마인(極魔人)으로 변했고, 그의 목적은 오로지 살인과 천지를 피로 적시는 것뿐이었다.

무림은 그로부터 칠십여 년이 흘러서야 재기의 움직임을 보이기 시작했다.

혈천마신이 사라졌기 때문이다. 그가 죽었는지, 아니면 은거를 했는지는 밝혀지지 않았다. 다만 천하에 더 이상 죽일 무림인이 없기 때문에 그 역시 사라진 것이라고 조심스레 추측할 뿐이었다.

그렇게 무림 역사상 가장 잔혹했던 시기는 지나갔지만, 그 기억은 아직도 생생하게 무림인들의 기억 속에 남아 있었다.

그런데 그 절대천마공을 설란후의 모친 선희빈이 익히고 있다는 것이다.

그것이 사실이라면 혈천마신의 부활이었다. 아무도 그녀 앞을 막아서지 못할 터이다.

"그렇다면 설란궁이 갑자기 침묵을 깨고 백 명의 은의고수들을 중천사세에 보낸 것은……."

은자랑은 핏기 없는 얼굴로 중얼거렸다. 그다음 말을 잇기가 두려웠던 것이다.

제이의 혈천마신이 설란궁 깊은 곳에서 부활의 기지개를 켜고 있는 것이다.

그러나 설무검은 다른 생각을 하고 있었다.

선희빈이 제이의 혈천마신이 되어 무림을 피로 씻는 것 따위는 관심이 없었다.

다만 그녀가 배신자들을 먼저 처치할까 봐 그것이 염려스러울 뿐이었다.

슥―

그때 설무검이 일어서자 은자랑도 따라 일어나며 의아한 표정을 지었다.

"철혈풍운군이 출동했다면 갈 곳이 있다."

"저도 가겠어요."

설무검이 문 쪽으로 빠르게 걸어가자 은자랑은 그림자처럼 바짝 따라붙으며 재잘거렸다.

그녀는 죽으나 사나 설무검과 절대로 떨어지지 않을 각오를 하고 있었다.

*　　　*　　　*

"저기예요."

전력으로 달리고 있던 창령 신니가 한곳을 가리켰다.

낙양에서 서쪽으로 백여 리가량 달려온 그곳은 건천산(乾千山) 자락이었다.

설영과 창령 신니, 한효령, 단랑, 반호, 염탕, 오장보, 그리고 결사칠위의 청랑과 두 명은 창령 신니가 가리키는 곳을 쳐다보았다.

그곳은 설영 일행이 있는 곳에서 이십여 리쯤 거리에 있는 하나의 봉우리였다.

"일단 멈춰요."

선두의 설영이 손을 들어 보였다.

건천산의 동쪽 산자락은 본산에서 무려 삼십여 리 이상이나 길게 뻗어 있었다. 설영 일행이 있는 곳은 산자락의 중간쯤에 해당되는 곳이었다.

"이모님, 아미파의 천추고수들이 저곳에서 다른 두 파의 고수들과 합류하기로 했나요?"

설영이 묻자 창령 신니는 봉우리에서 시선을 떼지 않은 채 걱정스러운 표정으로 대답했다.

"그래요. 저곳에서 본 파의 천추고수들이 화산, 곤륜파의 천추고수들과 합류하여 자정을 기해서 일제히 낙양을 향해 출발할 계획이에요."

"현재 그들이 모두 모여 있을까요?"

설영의 물음에 창령 신니는 하늘을 올려다보아 현재 시각을 가늠하고 나서 대답했다.

"그들 모두는 화산파에 함께 있다가 거의 동시에 출발했기 때문에 아마 도착하는 시각이 비슷할 거예요. 하지만 화산파 고수들은 삼백 명이 아니라 육십 명뿐일 거예요."

그녀는 화산파 고수들이 각 삼십 명씩 구파일방의 천추고수들을 감시하는 역할을 하고 있다는 사실을 설명해 주었다.

지금 설영 일행의 목적은 저곳에서 아미파 제자들을 따로 빼내오는 것이다.

그러므로 아미파 제자들끼리만 있다면 더할 나위 없이 좋겠지만 지금으로선 그럴 가능성이 희박한 듯했다.

창령 신니가 가서 아미파 제자들만 따로 모아서 다른 곳으로 갈 수는 없는 노릇이다.

만약 곤륜파의 천추고수들과 감시 역할을 맡은 육십 명의 화산파 천추고수들이 있다면, 창령 신니와 아미파 제자들을 곱게 보내주지 않을 것이기 때문이다.

설영은 한효령을 보면서 미소를 지어 보였다.

"어머니께선 좋은 생각이 있으세요?"

한효령은 설영보다 더 온화한 미소를 지었다.

"어미가 어찌 너의 총명함을 따를 수 있겠느냐? 혹시 너는 이미 계획을 세워두고 있는 것이 아니냐?"

"계획이랄 것까지는 없어요."

설영은 수줍게 미소를 지었다. 지금이 몹시 긴장된 순간인데도 설영의 아름다운 미소를 보자 사람들은 왠지 마음이 푸근해지는 것을 느꼈다.

"소가주, 비합전서예요."

그때 청랑이 하늘을 가리켰다. 일행이 쳐다보니 과연 백봉령루 특유의 홍구(紅鳩:붉은 비둘기)가 머리 위에서 맴돌고 있는 모습이 보였다.

"홍구예요. 급한 일인가 보군요."

청랑이 비둘기가 붉은색이라는 것을 발견하고 안색이 변할 때, 한효령이 하늘을 향해 팔을 뻗자 홍구가 쏜살같이 하강하기 시작했다.

백봉령루에서는 지급을 요하는 서찰을 전할 때만 홍구를 사용한다.

한효령은 비합전서 발목의 대롱에서 서찰을 뽑아 읽기 시작하더니 곧 안색이 변했다.

"영아, 중천사세와 중천칠지파에서 이천사백 명의 고수를 출병시켰다는구나."

"네."

설영은 그 정도는 미리 예상하고 있었던 터여서 그다지 특별할 것도 없었다.

그러나 그는 한효령의 안색을 변하게 만든 다른 소식이 있을 것이라고 짐작했다.

"혹시 철혈풍운군이 출동했나요?"

한효령이 말하기도 전에 설영이 먼저 입을 열었다.

한효령과 중인의 얼굴에 해연히 놀라움이 떠올랐다. 물론 한효령은 설영이 서찰의 내용을 정확하게 맞췄다는 것 때문에 놀랐고, 중인은 철혈풍운군이 출동했다는 것 때문에 놀란 것이었다.

설영은 중천사세가 천추혈의맹의 급습에 대해서 이미 알고 있을 것이라는 추측을 했었다.

그랬기 때문에 중천사세가 고수들을 보내 천추혈의맹을 맞이하여 토벌하려는 것은 당연한 수순인 것이다.

그러나 단지 그것 때문이라면 은자랑이 굳이 비합전서를 보내지 않았을 것이다.

무언가 예기치 않았던 변수가 등장했기 때문에 그 사실을 급히 알리려고 하지 않았겠느냐는 것이 설영의 날카로운 짐작이었고, 과연 그것은 적중했다.

중인은 모두 설영을 주시했다. 한효령이 연장자인데도 모두들 설영을 무리의 지도자로 여기고 있다는 증거였다.

"성동격서(聲東擊西)의 계책을 쓰죠."

잠시 생각하던 설영이 이윽고 입을 열었다. 삼십육계(三十六計) 중에 하나인 성동격서는, 동쪽에서 소란을 피워 적의 이목을 속인 후에 서쪽을 공격한다는 계략이다.

"만약 곤륜파가 아직 당도하지 않았다면 아미파 제자들을 감시하는 화산파 고수들은 삼십 명뿐일 것입니다. 그럴 경우에는 그들 삼십 명을 신속하게 죽인 후 아미파 제자들을 이끌고 그곳을 벗어나는 것입니다."

중인은 설영의 말을 한마디도 놓치지 않으려는 듯 귀를 기울였다.

그중에서도 창령 신니는 초조하기 짝이 없는 표정으로 설영의 붉은 입술에서 시선을 떼지 않았다.

"만약 곤륜파의 천추고수 삼백 명과 그들을 감시하는 삼십 명의 화산파 고수들까지 도착해 있다면, 성동격서를 쓰자는 것입니다."

설영은 바닥에 쭈그리고 앉아 돌과 나뭇가지를 세 방향에 놓으면서 설명을 이었다.

"그 경우에는, 이모님께서 가셔서 아미파 제자들과 먼저 합류를 하세요. 그래서 그들에게 제 계획을 설명하도록 하세요. 계획은 이렇습니다. 저희들이 여기 동쪽 숲에서 일부러 소리를 내어 곤륜, 화산파 고수들 몇몇을 유인하겠습니다. 그들이 유인에 걸려들면 죽이겠습니다. 다음에 또 유인하면 더 많은 자들을 보낼 것입니다. 그럼 저희는 그들을 조금 더 동쪽으로 깊숙이 유인하여 죽입니다. 그다음 유인에는 아마도 전체가 덤벼들겠지요. 이모님과 아미파 제자들은 함께 움직이는 체하면서 끄트머리에 따라가세요. 그럼 저희가 재빨리 이동하여 그들의 후미를 공격하여 그들과 아미파 제자들 사이를 갈라놓겠습니다. 그 직후 저희는 남쪽으로 도주하는 체하면서 그들과 한동안 싸우다가 이모님이 완전히 떨어져 나갔다고 판단되면 전력으로 그곳을 벗어나겠습니다. 어떻습니까?"

설영이 긴 설명을 끝내고 어떠냐고 물었지만 아무도 이의를 제기하는 사람이 없었다.

그만큼 그의 계책은 시기적절했으며 지금으로서는 최상의 방법이었다.

"우린 어느 쪽으로 갈까요?"

아미파 제자들을 구하지 못할까 봐 여태 어두운 표정이던 창령 신니는 비로소 얼굴이 조금 밝아져서 기특하고도 총명한 조카에게 물었다.

"서북동입니다."

"네?"

"이모님, 서쪽으로 십여 리쯤 가셨다가 방향을 꺾어 북쪽으로 다시 십여 리, 그다음에 또 방향을 꺾어 동쪽으로 가시는 겁니다."

"그럼… 원래 가려던 방향이 아닌가요?"

"방향은 같지만 위치는 다릅니다."

설영이 빙그레 미소를 짓자 창령 신니는 약간 어리둥절한 표정을 지었다.

척!

설영이 창령 신니의 양 어깨를 잡고 일으켜 세운 후 서쪽 방향을 향해 서게 하고 나서 자신은 그녀의 뒤에 등을 맞댄 자세로 섰다.

"이모님이 아미파고 소질이 곤륜, 화산입니다."

그때 한효령이 설영의 의도를 간파하고는 두 사람의 사이로 비집고 들어와 둘을 갈라놓았다.

"우리가 이 둘을 떼어놓게 되는 것이지."

"그렇지요. 이모님은 제가 말씀드린 것처럼 서와 북으로 각각 열 걸음씩 가셨다가 동쪽으로 가십시오. 저는 어머니를 추격하겠습니다."

창령 신니는 시키는 대로 전면을 향해 걸어나갔고, 설영은 남쪽으로 향하는 한효령을 쫓아갔다.

그 사이에 창령 신니는 서쪽과 북쪽으로 열 걸음씩 걷고 마지막으로 동쪽으로 방향을 틀었다.

그리고 나서 설영과 한효령을 바라보다가 아! 하고 놀라는 표정을 지었다.

자신과 두 사람이 삼십 걸음 이상 떨어져 있는 것을 발견했기 때문이었다.

설영은 싸우면서 도주하는 한효령을 추격하면서 남쪽으로 이십 걸음 이상 내려온 것이다.

그런 상황이라면 아미파는 곤륜, 화산파 고수들과 삼십여 리 이상 떨어져 있게 된다.

더구나 울창한 숲 속의 삼십여 리라면 그들이 아미파를 찾아내는 것은 훨씬 어려울 터이다.

창령 신니가 다시 원래의 위치로 걸어오면서 알겠다는 듯한 표정으로 입을 열었다.

"그런 다음에 빈니가 본 파 제자들을 이끌고 가서 본 파에서 오는 제자들을 구해내면 되겠군요?"

천추고수가 아닌, 아미파 제자들 오백여 명이 천추고수들을 지원하기 위해서 출발했을 것이기 때문에 그들을 구하겠다는 뜻이었다.

설영은 그녀에게 걸어가면서 고개를 가로저었다.

"아닙니다. 그것은 소질이 하겠습니다. 이모님께서는 어머니와 함께 낙양으로 가십시오."

"낙양으로요?"

애써 무리에서 벗어났는데 다시 낙양으로 가라니 놀랄 수밖에 없는 창령 신니였다.

설영은 빙그레 미소 지었다.

"이모님과 아미파 제자들을 놓친 곤륜, 화산파 고수들은 아마도 이모님이 아미파 제자들을 구하러 갔을 것이라고 제일 먼저 생각하게 될 것이고, 즉각 추적할 것입니다. 그게 아니더라도 어떤 대책을 세우겠지요."

"그렇겠군요……."

미처 거기까지 생각하지 못했던 창령 신니의 말이 흐려졌다.

"이모님께선 아미파 천추고수들을 이끌고 어머니와 함께 낙양성에 들어가셔서 칠의문에 머물고 계십시오. 그다음에는 형님께서 알아서 하실 것입니다."

"위험하지 않을까요?"

"천추혈의맹의 공격이 내일이기 때문에 오늘 중으로 낙양성에 들어가는 것은 괜찮을 것입니다. 그리고 어머니께서 봉황단의 힘을 빌리면 별일은 없을 것입니다. 그렇지 않습니까,

어머니?"

 한효령은 일사천리로 계획을 술술 풀어내는 설영이 깨물어주고 싶을 만큼 예쁘고 자랑스러웠다.

 툭툭!

 "명령에 따르겠습니다, 아드님."

 그녀는 예뻐 죽겠다는 듯한 표정을 지으며 손으로 설영의 엉덩이를 두드렸다.

 설영은 얼굴을 살짝 붉히며 창령 신니에게 하던 말을 이었다.

 "이곳으로 오고 있는 아미파 제자들은 소질들이 구할 테니 염려하지 마십시오, 이모님."

 "그들을 구하면 아미파로 보낼 건가요?"

 "아닙니다. 아미파는 아직 위험합니다. 천추혈의맹이 존재하는 한 아미파는 배신자의 낙인이 찍혀 있을 테니까요. 하지만 염려하지 마십시오. 소질이 모두 안전한 곳으로 안내하겠습니다. 물론 그 안전한 곳도 어머니께서 준비해 주실 테지만요. 하하하!"

 한효령은 미소를 지으며 고개를 끄덕였다.

 "낙양에 도착하는 대로 단주와 상의하여 아미파 제자들이 안전하게 머물 만한 장소를 정해서 알려주마."

 설영은 한효령의 어깨를 감싸며 그녀의 입에 입술을 쪽 맞추며 애교를 부렸다.
쪽!
"하여튼 전 어머니 없으면 아무것도 할 수 없다니까요?"
"예끼! 이 녀석!"

자의가사로 갈아입은 창령 신니는 약속 장소인 건천산 동쪽에 위치한 망풍봉(望風峰) 아래에 당도했다.
그녀는 재빨리 주위를 둘러보다가 안색이 흐려졌다. 곤륜파가 아직 도착하지 않기를 바랐지만, 봉우리 아래에는 곤륜파와 아미파, 그리고 화산파 고수들이 세 곳에 무리지어 휴식을 취하고 있는 광경이 보였다.
"신니!"
달려오고 있는 창령 신니를 발견한 곤륜파 장문인 운룡자(雲龍子)가 나직이 외치면서 마주 다가왔다.
"어이해 늦으셨소?"
강직한 외모보다 더 강직한 성품을 지니고 있는 운룡자 앞에 멈춘 창령 신니는 건성으로 대답했다.
"그럴 일이 있었어요."
지금은 정오가 넘은 시각이다. 원래대로라면 그녀는 아침나절에 이곳에 도착했어야 하는 것이다.
그러나 원래 자잘한 성격이 아닌 운룡자는 그것을 가지고 문제 삼지는 않았다.

"하실 말씀이 있으시면 조금 쉬었다가 나중에 하죠."

창령 신니는 어설픈 미소를 지어 보이고는 빠른 걸음으로 아미파 제자들이 있는 곳으로 걸어갔다.

아미파 제자들 몇 명이 그녀를 맞이하러 바삐 다가오고 있는 모습이 보였다.

"허헛! 그럽시다. 푹 쉬시구려."

창령 신니의 뒤에 대고 운룡자가 껄껄 사람 좋은 웃음을 터뜨렸다.

문득 창령 신니는 걸음을 멈추고 운룡자를 돌아보았다.

운룡자는 곤륜파 무리 쪽으로 걸어가다가 그녀의 시선을 느끼고는 걸음을 잠시 멈추고는 마주 쳐다보며 빙그레 미소를 지어 보였다.

창령 신니의 마음속에 그 순간 작은 갈등이 피어났다.

예전에 그녀는 운룡자를 한 번도 본 적이 없었고, 그에 대해서는 거의 아는 바가 없었다.

그런데 천추혈의맹이 발족되고 거의 등을 떠밀리다시피 소림사에서 반 감금 상태로 생활하게 된 그녀는 그곳에서 가끔 운룡자와 마주칠 수 있었다.

일 년 남짓 동안 그와 마주친 횟수는 전부 합해봐야 고작 십여 차례에 불과했지만, 그때마다 그는 부드러운 미소와 덕

담을 잊지 않았었다.

그래서 창령 신니는 운룡자도 자신과 같은 신세일 것이라고 나름대로 추측을 하고 있었다.

그렇게 생각하게 된 이유 중 하나는, 운룡자가 천추혈의맹의 실질적인 맹주라고 할 수 있는 현천 진인이나 그의 그림자와도 같은 화산파 장문인 자하 도장과 어울리는 것을 거의 보지 못했기 때문이었다.

더구나 소림사 원공 선사를 제압할 당시에도 그는 가담하지 않았었고, 원공 선사에게 금제를 가해서 세심동에 감금했다는 사실을 알고는 현천 진인에게 강력하게 항의를 하면서 반기를 들기도 했었다.

그런 운룡자를 봐온 창령 신니기에 그에게서 묘한 동병상련 같은 연대감을 지니고 있었다.

'운룡자에게 사실대로 말하는 것은 어떨까?'

창령 신니는 운룡자를 주시하면서 속으로 생각했다. 그를 쳐다보고는 있었지만 생각에 골몰하느라 사실 시선만 그에게 고정시켰다 뿐이지 보고 있는 것은 아니었다.

그렇지만 당사자인 운룡자는 의아한 표정을 짓다가, 창령 신니가 뭔가 할 말이 있는 것이라고 여겨 그녀에게 다가오고 있었다.

창령 신니는 운룡자가 다가와서 자신의 앞에 멈춰 설 때까지도 결정을 내리지 못하고 있었다.

"영아에게 가시는 건가요?"

설무검을 뒤따르려고 전력을 다하느라 꽤나 지친 은자랑이 그의 뒤에서 숨을 할딱이면서 물었다. 두 사람이 지금 가고 있는 방향이 낙양성 서쪽이기 때문이었다.

"그래."

설무검이 전방을 주시하며 짧게 대답하자 은자랑은 퍼뜩 떠오르는 것이 있었다.

"혹시… 철혈풍운군 중에 한 무리가 영아 쪽으로 갔을 것이라고 생각하는 것인가요?"

"응."

"그렇지만 중삼절은 내일이에요. 천추혈의맹은 단해룡이 중천무림 천주에 등극하는 시각에 맞춰서 공격을 감행한다고 하지 않았나요?"

설무검은 대답이 없었다. 은자랑은 무려 이 갑자 오십 년, 즉 백칠십 년이라는 엄청난 공력의 소유자다.

그런 그녀가 삼령신공(三靈神功) 중에 봉황천비(鳳凰天飛)를 최대한 발휘하고 있는데도 설무검을 따라잡지 못하고 오히려 쭉쭉 뒤로 밀려나고 있었다.

자존심이 누구보다도 강한 은자랑이다. 더구나 설무검을

목숨처럼 사랑하고 있기에 그 앞에서 자신의 약한 모습을 보이는 것이 죽기보다 싫어서 이를 악물고 전력을 다해 경공을 발휘했지만, 잠시 후에 그와의 거리가 삼십여 장이나 벌어지자 마음이 조급해졌다.

"가… 같이 가요."

기어코 그녀는 자존심을 꺾고 그렇게 더듬거리고 말았다.

설무검이 힐끗 뒤돌아보더니 약간 속도를 늦추었다. 그 사이에 은자랑은 전력으로 달려 비로소 그와 나란히 달릴 수 있게 되었다.

낙양성에서 이곳까지 칠십여 리를 자신의 능력 이상으로 쏘아온 은자랑은 숨이 턱까지 차서 금방이라도 가슴이 터져버릴 지경이었다.

그녀는 묻고 싶은 것이 있었지만 너무 숨이 차서 말을 할 수가 없었다.

또한 자신의 그런 모습을 설무검에게 들킬까 봐 드러내지 않으려고 안간힘을 썼다.

그러자 설무검이 그녀를 슬쩍 쳐다보더니 방금 전보다 속도를 조금 더 늦추어주었다.

두 차례에 걸쳐서 속도를 늦추자 그제야 은자랑은 자신이 지닌 공력의 구 할 정도로 달릴 수 있게 되어 아주 조금이나

마 숨을 돌릴 수 있었다.

하지만 그녀는 숨을 돌리게 되어서 안도하는 것보다 설무검에게 미안한 마음이 더 컸다.

돕겠다고 부득부득 따라왔는데 도움도 주기 전에 짐부터 되고 있기 때문이었다.

그러나 미안한 것은 미안한 것이고, 궁금한 것은 궁금한 것이다. 궁금한 것이 있으면 참지 못하는 은자랑이다.

"중천사세와 중천칠지파는 낙양성으로 들어오는 천추혈의맹을 맞아 토벌하려고 하지 않겠어요?"

설무검은 굳은 표정으로 전방을 주시한 채 대꾸했다.

"만약 천추혈의맹 내부에 중천사세의 세작이 있다면?"

"아……."

은자랑은 거기에서 말이 콱 막혔다. 중천사세가 천추혈의맹의 존재와 일거수일투족을 훤히 알고 있을 정도라면, 세작이 있는 것이 당연하다.

그렇다면 세작은 천추혈의맹의 그저 그런 존재가 아니라 꽤 중추적인 인물일 것이라는 얘기다.

그러므로 세 방향에서 낙양으로 향하여 집결해 있는 삼천여 천추고수와 그 뒤를 따라오는 오륙천 명의 구파일방 고수들의 행로에 대해서도 이미 훤하게 알고 있다는 뜻이다.

'철혈풍운군이 출동했다면 천추고수들이 집결하는 장소를 정확하게 알고 급습하러 갔을 것이다.'

거기에 생각이 미친 은자랑은 초조해지기 시작했다.

이제는 아미파를 구하느냐 못하느냐의 문제가 아니라, 설영의 생사를 걱정해야 하는 판국인 것이다.

만약 철혈풍운군 중 하나가 설영 쪽으로 간 것이 맞다면, 설영은 살아나오기 어려울 테니까 말이다.

그때 설무검과 은자랑은 거의 동시에 움찔 했다.

자신들의 전면 삼백여 장 거리에서 서쪽으로 쏘아가고 있는 일단의 무리를 발견한 것이다.

무리의 오른쪽에 백여 명의 눈부신 은의를 입은 여고수들이 쏘아가고 있었고, 왼쪽에는 삼백여 명의 홍, 청, 남의를 입은 고수들이 무리지어 달려가고 있었다.

'설란궁!'

은자랑은 은의여고수들을 발견하는 순간 그녀들이 누군지 즉시 알아보았다. 설란궁의 은의고수들이었다.

그녀는 힐끗 설무검을 바라보았다. 순간 그녀는 움찔 가볍게 놀란 표정을 지었다.

설무검의 눈썹 양끝이 치켜 올라가고, 두 눈에서 시퍼런 안광이 쏟아졌으며, 흰 이가 약간 드러나 있는 것을 발견했기 때문이었다.

은자랑은 그가 분노하는 것을 처음 보았다. 그리고 그 분노가 설란궁 때문이라는 사실을 짐작했다.

설무검은 정지약이라는 악녀 때문에 설란궁에 근본적인 원한을 품고 있는 상태다.

그런데 지금 설란궁의 은의고수들이 향하고 있는 방향은 서쪽이다.

그 방향에는 아미파 고수들이 집결해 있고, 설영이 그녀들을 구하러 한효령, 창령 신니 등과 떠났다.

은밀한 장소에 집결해 있는 천추혈의맹을 중천오세와 철혈풍운군이 급습하여 토벌하려는 사실은 이미 짐작하고 있는 바지만, 설란궁의 은의고수들이 설영 일행을 공격할 것이라고는 예상하지 못했던 설무검이었다.

그래서 참고 참았던 분노를 터뜨린 것이리라.

정지약은 칠 년 전에 정인(情人)인 설무검을 배신하여 죽음보다 더한 상황으로 내몰더니, 이제는 그의 동생 설영을 죽이러 수하들을 보낸 상황이 되고 만 것이다.

설무검과 은자랑 앞쪽에서 등을 보인 채 가고 있는 무리들은 중천오세에 새로 복귀한 설란궁과 중천칠지파의 하나인 오룡방(五龍幇)이었다.

그들은 아직 설무검과 은자랑의 존재를 까맣게 모르고 있는 것 같았다.

은자랑은 설무검이 그들을 피해서 갈 것이라고 생각했다. 지금은 설영을 도우러 가는 길이므로 쓸데없는 일 때문에 지체하지는 않을 것이라고 판단한 것이다.

 그러나 설무검은 그들의 이십여 장 배후까지 이르렀는데도 방향을 바꾸려 들지 않았다.

 오히려 가일층 속도를 높여 일직선으로 쏘아갔다.

 '설마!'

 은자랑은 설마 설무검이 이들을 공격할 것인가라고 의문을 떠올렸다가 곧 그것이 분명하다고 판단했다.

 슈우우―

 사백여 명의 배후를 향해 곧장 쏘아가는 설무검의 오른팔이 어깨에 멘 혈마룡검을 움켜잡고 있는 것을 발견한 것이다.

 설무검의 몸에서 짙은 금광이 주위 이 장까지 뿜어졌다. 공력을 끌어올린 것이다.

 "우웃!"

 "흑!"

 그때 사백여 무리의 맨 뒤를 달리고 있던 자들 몇 명이 답답한 신음을 흘리면서 비틀거렸다.

 설무검에게서 뿜어진 기운이 그들에게까지 영향을 미쳐서 앞으로 고꾸라질 듯이 비틀거린 것이다.

 그 바람에 무리는 분분히 뒤를 돌아보았다.

그러다가 이미 오륙 장까지 쇄도하고 있는 설무검을 발견하곤 크게 놀라 순간적으로 대열이 흐트러졌다.

후우웅!

그 순간 설무검의 혈마룡검이 뽑히며 피에 굶주린 용음을 터뜨렸다.

그 소리는 설란궁와 오룡방 고수들 모두의 오금을 저리게 만들었기에 부족함이 없었다.

'저것은?'

뒤따르는 은자랑은 설무검의 오른손에 쥐어져 있는 혈마룡검을 발견하고 가볍게 놀라는 표정을 지었다.

짙은 혈광을 흩뿌리고 있는 한 자루 검은 일견하기에도 범상치 않았다.

츠으으츠웃!

설무검이 무리의 뒤쪽 한복판을 뚫으면서 혈마룡검을 가로로 반원을 그어대자 검끝에서 무려 일 장 길이의 시뻘건 검기가 뿜어져서 휘둘러졌다.

"끄아악!"

"크애액!"

"흐아악!"

설무검은 한 덩이 금광에 휩싸인 채 무리의 한복판을 거칠 것 없이 짓쳐 가며 관통했다.

일 장 길이의 검기가 몸에 닿은 자들이 귀신의 호곡성 같은 처절한 비명을 질러대며 허공으로 튕겨져 올랐다.

은자랑은 설무검이 이들을 공격할 것이라고 판단한 순간 자신도 전력으로 도우리라고 생각했었다.

그러나 그녀는 설무검의 삼 장 뒤에서 그저 달리며 따라가기만 할 뿐 일순 넋을 잃고 말았다.

그녀는 보았다.

시뻘건 검기가 몸에 닿기도 전에 허공으로 튕겨져 오른 적들의 몸에서 뿜어지고 있는 길고 가느다란 핏줄들을.

그리고 피안개(血霧) 속에서 피어나는 찬란한 피 무지개 혈예(血霓)를.

허공으로 튕겨져 떠오른 자들의 몸에서 뿜어진 핏줄기들은 서로 연결되었다가 끊어지면서 사라지고, 그러는 동시에 혈무와 혈예를 만들어냈으며, 그런 것들을 다 만들어낸 자들은 퍽! 퍽! 가죽으로 만든 북을 가볍게 두드리는 듯한 소리를 내면서 허공중에서 터져 가루로 화해 흩날렸다.

그 순간 은자랑은 부르르 치를 떨면서 전설이 말하던 한 자루 검을 기억해 냈다.

'혈마룡검…….'

설란궁과 오룡방의 사백 고수들 한복판 일직선은 마치 자로 정확하게 그은 듯이 좌우 일 장 내에 있는 자들은 모조리 피무지개를 만들면서 죽어갔다.

그들은 미처 무기를 뽑지도 못한 채 속수무책 죽어갔다. 아니, 앞쪽에 있던 자들은 더러 무기를 뽑긴 했지만 그것이 무슨 소용이 있으랴.

혈마룡검은 천하제일검이다. 그 앞에서의 도검은 그저 수수깡에 불과할 뿐이다.

설란궁 백 명의 은의고수들을 이끌고 있는 총관 한빙은 뒤에서 벌어지고 있는 소란에 가볍게 놀라 뒤를 돌아보았다.

그저 뒤돌아보는 짧은 그 한 번의 동작에 설무검은 이미 무리의 한복판 절반쯤을 뚫고 있었다.

그러나 그녀는 사람들에 가려서 그 안에서 대체 무슨 일이 벌어지고 있는지 알지 못했다.

다만 처절한 비명소리가 끊이지 않는다는 것과 허공으로 사람들이 핏줄기를 뿜으며 떠오르거나 혈무와 혈예를 만들면서 퍽퍽 흩어져 가루가 되는 광경을 목격해야 했다.

'이게 무슨 해괴한!'

한빙의 두 눈에 핏발이 곤두섰다.

대경실색한 그녀가 막 입을 열어 뭐라고 소리치려고 할 때, 눈앞에 있던 은의고수들과 오룡방 고수들이 마치 거센 회오리바람에 낙엽들이 휩쓸려 날아가듯이 허공으로 쏜살같이 튕겨져 올랐다.

그리고 그들의 몸에서 뿜어져 서로 연결되는 핏줄기와 핏줄기, 허공을 자욱하게 덮는 혈무와 혈예.

"……."

한빙은 살아생전에 이런 광경은 처음 보았다. 그래서 그녀는 자신이 지금 혹시 꿈을 꾸는 것이 아닌가, 하고 찰나지간 생각해 보았다.

그 순간 챙이 넓은 방립을 눌러쓴 건장한 체격의 사내 하나가 오른손에 움켜쥐고 있는 시뻘건 검을 노를 젓듯이 휘두르면서 한빙을 향해 곧장 쏘아오고 있었다.

그 믿을 수 없는 경악스러운 조화는 바로 그 사내의 시뻘건 검에서부터 비롯되고 있었다.

허공으로 떠올랐던 수십 명의 고수들이 뿜어내어 서로 연결하던 핏줄기와 허공을 수놓았던 혈무, 혈예의 핏물들이 그 사내가 쥐고 있는 시뻘건 검으로 굵은 혈선을 그으며 흡수되고 있었다.

'혀… 혈마룡검!'

한빙은 혀가 목구멍 안으로 말려들어 갈 정도로 경악했다.

그 순간 그녀는 반격을 해야 한다든가, 도망쳐서 살아야 한다는 본능적인 생각조차 들지 않았다.

그리고 그녀는 그 순간 발견했다.

이 장 앞까지 쇄도한 사내가 슬쩍 고개를 치켜들면서 눈 아래로 한빙을 쏘아보고 있었다.

핏발이 곤두선 두 눈에서는 시퍼런 안광이 줄기줄기 뿜어져 나왔다. 그 안광에 닿기만 해도 죽을 것만 같았다.

사내가 흰 이를 드러낸 채 잔인한 미소를 흘리고 있는 것을 발견한 순간 한빙은 온몸의 피가 증발해 버리는 듯한 충격을 맛보았다.

'천주······.'

파아아─

다음 순간 사내가 그녀의 곁을 스쳐 지났고, 그녀의 목에서 새빨간 핏물이 아름다운 곡선을 그으며 허공으로 이 장이나 뿜어져 올랐다.

한빙은 자신의 목을 통해서 뿜어져 나간 체내의 모든 피가 허공에 만들고 있는 혈무와 혈예를 보면서 그것이 무척이나 아름답다는 생각이 들었다.

그리고 그녀가 마지막으로 느낀 것은, 자신의 몸이 급속하게 오그라들고 있다는 것이었다.

퍽!

한빙의 몸이 터져서 한 줌의 가루가 되어 흩날릴 때, 설무검과 은자랑은 이미 무리를 벗어나 십여 장 밖을 쏘아가고 있었다.

　설무검과 은자랑이 달려가고 있는 평야 저편에 웅장하게 우뚝 솟아 있는 건천산이 보였다.

　　　　　　　　　　　　　　　『독보군림』 10권에 계속…

고검추산

허담 新무협 판타지 소설
FANTASTIC ORIENTAL HEROES

두 사형제가 난세(亂世)를 헤치며 만들어 나가는 기이막측(奇異莫測)한 강호(江湖) 이야기!

천하가 사패(四覇)의 대립으로 혼란스러운 시기,
세상이 혼탁해지자 강호(江湖)에는 온갖 은원(恩怨)이 넘쳐난다.
그러자 금전을 받고 은원을 해결해주는 돈벌레[黃金蟲]가 나타난다.
그런데… 비천한 황금충(黃金蟲) 무리 가운데 천하팔대고수(天下八大高手)가
나타나니…

천검(天劍) 능운백(陵雲白)!
천하팔대고수이자 강호제일 청부사의 이름이다.

그리고… 그가 두 제자를 들이니, 고검(孤劍)과 추산(秋山)이 그들이었다.
훗날 강호제일의 해결사가 되어 무림을 진동시킬 이들이었다.

Book Publishing CHUNGEORAM

Book Publishing CHUNGEORAM

血夜狂舞
혈야광무

무조 新무협 판타지 소설
FANTASTIC ORIENTAL HEROES

핏빛 밤의 미친 춤사위 속에
무림을 뒤덮은 어둠은 더욱 깊어져만 간다.

희대의 살인마이자 천하제일인이
마지막으로 남기고 간 비급, 그리고…….

"네 몸속에 흐르는 피는 우리와 달라서
무공을 익히면 너희 아버지처럼 살인마가 될 거라고 하셨어.
이제 알아들었냐? 넌 절대 무공을 익힐 수 없다고!"

똑똑히 새겨들어.
살인마의 피가 아니라, 천하제일인의 피다!

기다려라. 내가 무인이 되는 순간,
그 참혹했던 날의 악몽을 되돌려 주마.

혈야광무(血夜狂舞)!
핏빛 밤의 미친 춤사위를……!

유행이 아닌 자유추구 -
www.chungeoram.com

Book Publishing CHUNGEORAM

BOOK Publishing CHUNGEORAM

fly me to the moon
플라이 미 투 더 문
새로운 느낌의 로맨스가 다가온다!

판타지의 대가 이수영 작가의 신작!
드디어 판매 카운트다운!

플라이 미 투 더 문 | 이수영 지음

판타지의 대가, 이수영. 그녀가 선보이는 첫 번째 사랑이야기.
사랑, 질투, 음모, 욕망……
상상한 것 이상의 절애(切愛), 그 잔혹한 사랑이 시작된다.

온전히, 그의 손에 떨어진 꽃. 잡았다.
짐승의 왕은 즐거웠다.

인간, 그리고 인간이 아닌 자.
절대로 이어질 수 없는 두 운명이 만났다!
사랑 혹은 숙명.
너일 수밖에 없는 愛.

1998년 〈귀환병 이야기〉
2000년 〈암흑 제국의 패러이드〉
2002년 〈쿠베린〉
2005년 〈사나운 새벽〉

그리고 2007년,
『FLY ME TO THE MOON』

유행이 아닌 자유추구 -
WWW.chungeoram.com
BOOK Publishing CHUNGEORAM

BOOK Publishing CHUNGEORAM

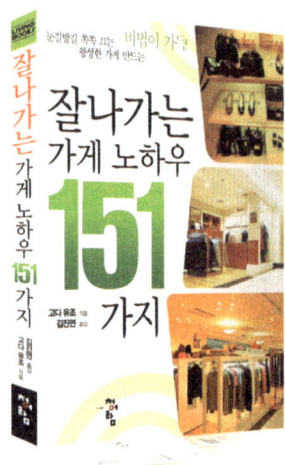

눈길발길 쏙쏙 끄는 **비법이 가득!**
왕성한 가게 만드는

잘나가는
가게 노하우
151 가지

고다 유조 지음
김진연 옮김
가격 9,800원

물건이 팔리지 않는 시대!
왕성한 가게 만드는 비법이 가득!

가게 안에 웅덩이를 만들어라
조명만 조금 바꿔도 매출이 팍 늘어난다
보기 쉽고, 집기 쉬운 가게 배치는 '경기장 형'이 최고 등등
가게에 실제로 적용했을 때 매출이 오른 노하우만 알차게 수록
외관, 입구, 배치, 내장, 조명, 디스플레이에서 사원교육까지

도움이 되는 '발견'이 가득가득.
당신 가게를 회생시키기 위한 소중한 책!

BOOK Publishing CHUNGEORAM

입소문을 통해 아는 분은 다 알고 계십니다!
올 한해 공인중개사 최고의 화제작!

1~2권 합본 | 이용훈 지음
3~4권 합본 | 이용훈 지음
5~6권 합본 | 이용훈 지음
용어해설 | 이용훈 지음

수험생 기본 필독서
만화 공인중개사

제목 : 만화공인중개사 쓰신 분에게 감사드립니다.

학원을 두 달 다녔어요. 근데 과연 그 숫자 외우기 그런 게 몇 문제나 나올까 생각을 했어요.
아니라는 생각이 드네요. 학원강의를 뒤로하고 서점을 갔어요. 내 머리에 가장 이해될 수 있는
책이 없나 하구요. 거기서 만화를 발견했어요. 무조건 세 번 봤어요. 3개월 걸렸어요. 문제집을 보라고
했는데 그건 시행을 못했어요. 근데 합격을 했네요.
어떻게 감사의 말을 해야 될지…….
도서관에서 만화책 들고 다니니까 사람들이 비웃더라구요. 만화책으로 공인중개사를 공부한다고
미친 사람처럼 보더라구요. 근데 그거 다 감수하고 했던 내가 자랑스럽습니다.
어떻게 감사의 말을 해야 할지… 정말 감사합니다.
부디 행복하세요. 제 나이 41살에 좋은 스승을 만난 것 같습니다.
엎드려 감사드립니다.

－본사 홈페이지에 독자분이 올린 메일 中에서 발췌－

세상을 보는 또 하나의 창!
열린세상, 열린지식

인더북
www.INTHEBOOK.net

당당하게 글을 쓰는 사람, 멋있게 포장하는 사람,
감동적으로 읽어주는 사람이 있다면
언제든 어디든 인더북이 함께 하겠습니다.

2008년 봄 그들이 온다!!

권왕무적의 초우, 궁귀검신의 조돈형, 삼류무사의 김석진, 태극검해의 한성수, 프라우슈 폰 진의 김광수, 흑사자의 김운영, 송백의 백준 등

총 20여 명에 이르는 호화군단의 인더북 이북 연재 확정!!
그 외에도 많은 정상급 작가들의 이북 연재 런칭 예정!!

포도밭 그 사나이, 새빨간 여우 등의 로맨스 정상급 작가 김랑의 작품을 이북 연재로 만나다!!

오직 인더북에서만 독점 연재!!

아쉬움을 남기고 1부에서 막을 내린 **권왕무적 시리즈의 2부** 등 인기 작가들의 수준 높은 미공개 작품들이 시중에 책으로 출간되지 않고, 오직 인더북에서만 연재됩니다.

COMING SOON! INTHEBOOK.NET

1. 인더북의 이북 유료연재는 2008년 1월 말 ~ 2월 중순경 오픈
2. 인더북에 연재되는 작품들은 시중에 출판되지 않은 작품들로 엄선

이북 유료연재의 새로운 도전! 그리고 새로운 시작! 인더북!!
곧 새로운 모습의 이북 연재 사이트로 여러분께 다가가겠습니다.